AF201224

Zur Person

Christoph Brüske wurde 1965 in Troisdorf/Sieg geboren. Nach seiner Zeit beim Improvisationstheater Springmaus begann er mit dem Solo-Kabarett und tourt seitdem stetig durch den deutschsprachigen Raum. Er lebt mit Tochter und zwei Rosensträuchern in Rheidt am Rhein.

Weitere Informationen unter www.brueske.de

Christoph Brüske

Virulent

Satirische Kurzgeschichten

BOD

Gewidmet:

Allen Optimisten mit Herz und Humor

© 2020 Christoph Brüske

Herstellung und Verlag: BoD – Books on Demand, Norderstedt

ISBN   978-3-7519-2240-1

Famous first words

„Weltkrieg in München, Fliegeralarm!

Nach einiger Zeit ist immer noch kein feindliches Flugzeug am Himmel zu sehen.

Karl Valentin kommentiert dies mit den Worten:

„Ja wo bleiben sie denn? Es wird ihnen doch nix passiert sein!"

INHALT

Prolog

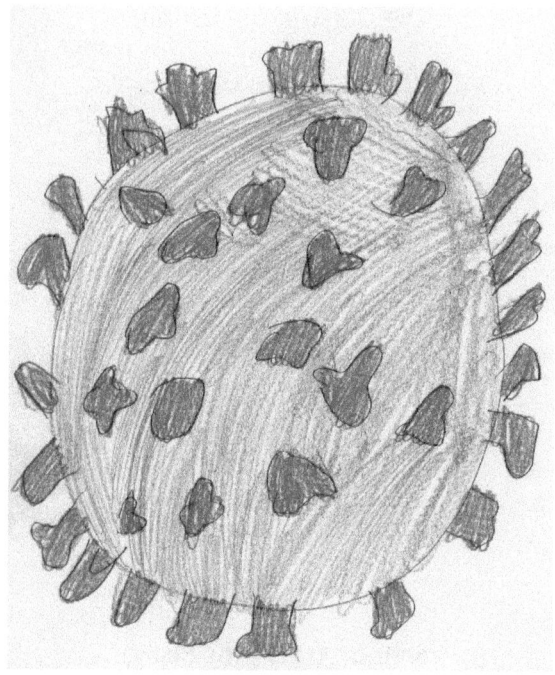

Schön, dass Sie „Virulent" aufgeschlagen haben. Sie sind des Lesens mächtig? Prima, das macht es noch einfacher. Ich weiß natürlich nicht, ob Sie dieses Büchlein zum Originalpreis (ach Sie waren das!), zu Weihnachten geschenkt oder auf dem Krabbeltisch für 99 Cent erstanden haben. Wenn letzteres zutrifft, schreiben wir vielleicht das Jahr 2025 und Sie können sich unter Umständen nur noch dunkel an diese „Coronazeit" erinnern. Deshalb starte ich damit, Ihnen die germanische Welt zu Beginn des neuen Jahrzehnts in Erinnerung zu rufen. Wir schreiben das Jahr 2020:

Eine weltweit beachtete Schwedin mit ökologischem Sendungsbewusstsein wird 17. Obwohl arg polarisierend, motiviert sie große Teile der Schülerinnen und Schüler zum Freitagsstreik für die Zukunft. Dass wenige Wochen später alle Schulen gleich ganz geschlossen hatten, hätte sich auch die junge Klima-Ikone nicht ausmalen können.

Schon seit Beginn der Weihnachtsferien führte ein neu getextetes Karnevalsliedchen mit der Kernzeile „alte Umweltsau" zum größten Medienskandal seit Florian Silbereisen im Kapitänsoutfit. Eigens gegründete Institutionen wie der VDHMO, also der „Verband der im Hühnerstall Motorrad fahrenden Omas", forderten personelle Konsequenzen und die Abschaffung der so betitelten „Zwangsgebühr".

Gott, ging es uns gut!

Im Februar 2020 kam es dann zu einem handfesten Skandal, der die Republik fast vier Wochen in Atem hielt: Ein freidemokratischer Glatzkopf mit „Lieber Aal als liberal-Attitüde" versuchte sich in Thüringen mit Hilfe der Höcke-Jugend an die Macht zu schlängeln. Nicht, dass es eine Petitesse wäre, wenn rechtsnationale Rabauken eine Regierungsbildung beeinflussen, aber jetzt einmal aus der Ferne betrachtet:

Ein 5-Prozent Parteipennäler lässt sich im dritten Wahlgang zum Ministerpräsidenten des elftgrößten Bundeslands im dreiundsechzig-größten Land der Erde küren.

Hatten wir keine anderen Probleme??

Doch! Wir verfolgten genüsslich die Irrfahrt einer saarländischen CDU-Politikerin und zerbrachen uns den Kopf, welche Sau (in dem Fall welcher Eber) als nächstes durchs konservative Dorf getrieben wird. Dass diese Dame mit Dreibuchstabenkürzel kurze Zeit später als Verteidigungsministerin einen für ihre Verhältnisse fast unfallfreien Job machte, auch das war in unserer Phantasie nicht implementiert.

Natürlich gab es auch reale Probleme zu jener Zeit: Im Januar brannte es lichterloh in Australien. Es entstanden Bilder, für die wir uns durch vergleichbare Vorfälle im Amazonas-Regenwald kurz zuvor trainieren konnten. Die verkohlten Koalabärchen waren dann aber auch nicht so gravierend, dass das dort produzierte RTL-Dschungelcamp „Hilfe, ich hab noch Hirn, holt das da raus!" hätte gecancelt werden müssen. Denn *ein bisschen Spaß muss sein*! Dass du wenige Wochen später überhaupt nicht mehr nach Australien fliegen konntest, da die Reisewarnung des Auswärtigen Amtes über das übliche Jemen und Kongo hinausging und mal locker die ganze Welt betraf: völlig illusorisch!

Soweit die deutsche Perspektive zu Beginn des Jahres 2020. Das war aber nur die eine Seite der Medaille. Denn wie schon der deutsche Philosoph und Kettenraucher Mario Basler voller Weinstraßenweisheit feststellte:

„Jede Seite hat zwei Medaillen"

Die andere, nennen wir sie „die dunkle Seite der Macht", begann ihre unheilvolle Reise im Osten Asiens und hatte viel mit kleinen possierlichen Viechern zu tun, die wir von Grippewellen und als Anlass für das postkarnevalöse Krankfeiern kannten: den Viren!

Ganz wenigen von uns war bekannt, dass sich ein paar von ihnen pudelwohl in Flughunden und Fledermäusen fühlen. Aber erkläre das mal bitte dem durchschnittlichen Kinogänger, dass „Batman" plötzlich der Böse ist.

Und obwohl wir uns doch rühmen, global so perfekt vernetzt zu sein, nahm das Unheil der neuesten Coronavirus-Mutation fast unbemerkt seinen Lauf. Und ob es uns nun schmeckt oder nicht: wir wurden gewarnt. Sogar mehrfach!

Wie gefährlich es nämlich ist, wenn sich Mensch und Natur zu nahe kommen, war nach den Erfahrungen mit den Corona-Kollegen SARS (2003) und MERS (2012) hinlänglich dokumentiert. Aber wen interessiert das, wenn Schweinefleisch süß sauer beim Asia-Grill um die Ecke im Angebot ist.

Das Robert Koch Institut legte im Jahr 2013 eine detaillierte Studie vor, die eine schier unglaubliche Trefferquote mit der späteren Covid-19-Pandemie aufwies. Im Gesundheitsministerium wurde sie bestenfalls kurz zur Kenntnis genommen. Damals war sie eben noch nicht so relevant wie die Studien von Bertelsmann Stiftung und Leopoldina zur Reduzierung, Verzeihung, „Optimierung" der deutschen Krankenhäuser.

2015 hielt Bill Gates eine flammende Rede, dass die Welt auf die nächste Corona-Pandemie völlig unvorbereitet sei. Aber wen juckt der reiche Sack mit Kassengestell, wenn dein Windows dauernd abstürzt!

Und schlussendlich wies der chinesische Mikrobiologe Peng Zhou aus Wuhan schon im März 2019 in einer epidemiologischen Studie nach, dass die nächste Pandemie mit „Sicherheit" kommt und „China der Ausgangspunkt" sein würde. Alles nachzulesen in den bekanntesten medizinischen Zeitschriften oder noch einfacher: per Google. Aber machen wir uns nichts vor: keiner von uns „Normalos" hat es gelesen oder gegoogelt. Es wäre ja auch wirklich zu schön, rechtzeitig den „Knall" zu hören, nur weil der Typ „Peng" heißt!

Wir hatten damals ganz andere Sorgen und so konnte SARS-CoV-2 seinen globalen Feldzug in Angriff nehmen: Wie vorhergesagt in Wuhan, der Stadt, die niemand kannte, obwohl dort doch so viele Ausländer arbeiten.

Einige kannten die Stadt scheinbar doch: am 31. Dezember 2019 hatte Taiwan schon alle Flüge aus Wuhan gestoppt, übrigens genau an dem Tag, an dem China den Ausbruch der Pandemie offiziell der WHO gemeldet hatte. Hatte das in Europa niemanden interessiert?

Denn während am 15. März 2020 noch die letzten Skitouristen mit komischem Husten in der Seilbahn in Ischgl saßen, hatte die Republik Usbekistan schon im Dezember 2019 (!) seine 82 Studenten aus Wuhan zurückbeordert und in Quarantäne gesteckt.

Während in der Inntalhalle zu Rosenheim noch am ersten Wochenende im März tausende von Hopfenfetischisten ihr Starkbierfest feierten, sprach der später vielgepriesene bayerische Minister-präsident Markus Söder wenige Tage darauf den kanzlerablen Satz: „Wir wollen kein zweites Ischgl oder Heinsberg!" Hätte er doch mal vorher lieber vor der eigenen Tür gekehrt.

Hm, was war denn noch mal in Heinsberg? Höchstwahrscheinlich wird es in einigen Jahren im Geschichtsunterricht durchgekaut: Der erste deutsche „Superspreader", die Kappensitzung im Städtchen Gangelt mit 300 Narren. Na ja: Zum Narren haben sich die Menschen dort durchaus gemacht, denn in der Pandemie heißt es: Die Ersten beißen die (Flug)Hunde.

Wir hätten schon Anfang des Jahres reagieren müssen. Aber da hatten wir uns noch nicht mit Flughunden, sondern mit der alten Umweltsau beschäftigt. Irgendwann Ende Januar hatten wir wenigstens auf dem Schirm, dass China sein 11 Millionen-Sorgenkind per Ausgangssperre lahm gelegt hatte.

Doch das führte an den analogen und digitalen Stammtischen der Republik nur zu überheblichem Spott: *„Eine Millionenstadt lahmlegen samt Sperren und Polizeikontrollen? Sowas geht ja nur bei den Chinesen. Sind ja doch alles verkappte Kommunisten! Sowas würde in Deutschland nie klappen. Wir schaffen ja noch nicht mal eine Große Koalition!! Hohoho..."*

Stattdessen haben wir uns am Thüringen-Theater ergötzt und Abertausende sind am Wochenende noch fröhlich ins Fußballstadion gepilgert. Ja warum denn nicht? Das einzige Virus, dass der FC Fan aus Köln kennt, heißt Borussia Mönchengladbach (und umgekehrt)!

Doch das durchaus pandemisch zu nennende Fußballfieber grassiert ja nicht nur in unseren Breiten: Denn obwohl das Virus in Europa schon längst angekommen war, wurde in Mailand am 19. Februar noch fleißig Champions League gespielt, natürlich vor vollen Rängen. Es kickte der FC Valencia gegen Atalanta Bergamo. Ja genau das Bergamo, in dem nur Wochen später ein Konvoi von Militärfahrzeugen die Särge mit den COVID-19 Toten abtransportieren musste. Der Club aus Valencia brachte übrigens nicht nur eine 1:4 Niederlage mit nach Hause...

Machen wir uns nichts vor: Europa hat nicht nach Asien geschaut. Über unsere Arroganz und Ignoranz sollen andere urteilen. Vielleicht ist es etwas besser geworden, während Sie diese Zeilen lesen.

Und nachdem es bei uns Mitte März nun wirklich nichts mehr zu beschönigen und ignorieren gab, über eine Welt, die daraufhin ins Wanken geriet und über das, was das mit der Gesellschaft, der Politik und mit mir gemacht hat:

Davon handelt dieses Buch.

Kein Grund zur Langeweile

Zwei Tage gilt er nun in Deutschland: Der erste staatlich verordnete Hausarrest seit den Wimbledon-Triumphen von Boris Becker. Das musst du erstmal sacken lassen!

Und, wird Ihnen schon langweilig? Der erste Schock über pulverisierte Freiheiten ist dem Umstand gewichen, dass wir mit Partner und Kindern den lieben langen Tag zu Hause bleiben dürfen. Und während Frauen vereinzelt schon von Scheidung und Männer von Sterilisation träumen, fällt vielen von uns so langsam die Decke auf den Kopf. Und jetzt, wo ein Kontaktverbot ab zwei Personen gilt und selbst unsere Kanzlerin in Quarantäne muss, weil ihr Arzt (!) positiv getestet wurde, kannst du da überhaupt noch guten Gewissens an die frische Luft? Und die, die im Moment neben sich stehen, dürfen die zum Spaziergang überhaupt noch jemand mitnehmen? Fragen über Fragen..

Eigentlich gibt es aber doch keinen Grund Trübsal zu blasen. Die Fernsehgucker schauen Fernsehen. Denn es lohnt sich: Die Sendeanstalten wittern das große Werbegeschäft und zeigen die schönsten Wiederholungen aus 50 Jahren Farbbild. Die Eloquenten telefonieren, skypen oder schreiben, was das Zeug hält. Denn es gibt zurzeit keinen auch noch so entfernten Verwandten oder Freund, der sich nicht über eine Kontaktaufnahme freut!

Die Herzbefleckten (und das sind mehr als wir denken) bieten sich den diversen Nachbarschafts-hilfen an. Die Sportlichen, denen die Schließung ihrer Fitnessstudios zusetzt, melden sich bei den hiesigen Landwirten, ob sie beim Säen und Ernten einspringen dürfen. Und haltet euch fest: Dieses neuartige Workout aus den Übungen Spargel-Stretching und Erdbeerbeugen wird sogar bezahlt!

Die Spirituellen, die gerade jetzt so gerne in den Gottesdienst gehen würden, schmökern mal wieder in der Bibel. Und wer hindert uns daran, beim Onlineshop unseres vertrauten Buchhändlers Literatur anderer Religionen zu ordern? Eine solche Toleranztherapie über den theologischen Tellerrand kann aus meiner Sicht nie schaden.

Und was macht ihr Vermieter, Pächter und Großgrundbesitzer? Falls euch beim Geld zählen langweilig werden sollte: Schaut doch kurz, ob es unter euren Schäfchen vielleicht Einzelhändler, Kellner oder Freiberufler gibt. Die freuen sich bestimmt wie Bolle, wenn ihr ihnen beim Sparen unter die Arme greift.

Ach ja: Und dann gibt es noch einen Typus, dem garantiert nie langweilig wird: den „Homo Hakle", sprich der gemeine Klopapierhamster. Der setzt sich schon frühmorgens um 4:00 Uhr ins Auto, schleicht sich zum Supermarktparkplatz und wartet auf die nächste Lieferung. Wie ein Schauspieler auf der Suche nach der nächsten Rolle zählt für ihn nur eins: die Vervollständigung seiner Sammlung! Ich konnte mir dieses Verhalten lange nicht erklären. Meine einzige Theorie ist mittlerweile: Wer im Grunde seines Herzens ein Arschloch ist, muss eben dieses als erstes versorgen. Stellt euch doch mal vor: Eine Krankenschwester, die nach einer Zwölf-Stunden-Schicht (wenn nicht sogar mehr) noch ein paar Einkäufe erledigen muss, steht wegen euch vor leeren Regalen. Wollt ihr das? Also bitte: Hört auf damit oder nehmt einen Waschlappen, ihr Waschlappen!

Ich gehe jetzt zu meinem Vermieter und biete ihm zehn Rollen gegen Rabatt an. Hätte nie gedacht, dass der Besitz von derlei Hygieneartikeln einmal die halbe Miete ist.

Leiden wie ein Esel

Jetzt, wo das Kontaktverbot gilt und uns das Corona-Schutzgesetz mit voller Wucht getroffen hat, geht jeder auf seine Art und Weise mit der Situation um. Der eine wartet schon sehnsüchtig auf die ersten Verschwörungstheorien, der nächste ist stolz auf seine prall gefüllte Garage voller Klopapier und Mehl (Achtung: Maden!). Und dann gibt es noch die Leidensfähigen.

Ich würde mich in die letzte Gruppe einordnen. Leidensfähigkeit ist nämlich eine durchaus entwicklungsfähige Mentalität. Auf die Gefahr, dass

Sie ab jetzt nicht mehr weiterlesen werden: Aber ich bin SPD Mitglied. Mit Werten wie Solidarität, Gleichberechtigung von Mann und Frau, Fairness am Arbeitsplatz und vor allem dem Anspruch, niemanden zurückzulassen, kann ich mich voll identifizieren. Wenn ich das aber auf der Bühne sage, geht ein mitleidiges Raunen durchs Publikum und ich könnte mit dem Klingelbeutel durch die Reihen gehen, um mir etwas dazuzuverdienen. Aber Leute: Ich halte das aus! Während COVID-19 irgendwann (hoffentlich) geheilt werden kann, gilt der „Morbus Sozius" als schwer therapierbar.

Dabei werden uns Genossen so viele Angebote gemacht, vom Glauben abzufallen: Da wäre der „Quoten-Palmer" Thilo Sarrazin, Altharzer Gerhard Schröder, der ab und zu aus der Gaspipeline gekrochen kommt und natürlich Sigmar Gabriel, der im Aufsichtsrat der Deutschen Bank (wer sie nicht kennt: eine Tochter der Caritas) sein Taschengeld aufbessern möchte.

Ja und seit kurzem gibt es noch Saskia Esken. Eine schwerrote Schwäbin, die auf der sogenannten „AS-Skala" (Andreas Scheuer Skala zur Berechnung von Fettnäpfchen pro Woche) schon beachtliche Werte erzielt. Ich weiß, sie meint es ja gut. Aber wie heißt es so treffend: Das Gegenteil von gut ist gut gemeint!

Denn da waren die Billionen schweren Hilfspakete der Bundesregierung gerade erst unter Dach und Fach, Olaf Scholz hatte mehr Sympathiepunkte gesammelt als in seiner gesamten bisherigen Karriere, da machte sich unsere Saskia per Tweet schon mal Gedanken, wie das ganze Geld denn wohl wieder reinkommen könnte.

Da aber selbst die Bezüge von Herrn Schröder nicht ausreichen könnten, schlug die Vorreiterin mit Ponyschnitt eine Vermögenssteuer für die Steinreichen vor.

Nicht das WAS war hier verwunderlich, sondern das WANN! Stellen Sie sich bitte vor: Sie sind Kapitän auf einem Schiff und haben es plötzlich mit Monsterwellen zu tun. Sie wissen nicht, ob das Boot dem standhält und wann der Sturm vorbei ist. Da taucht auf einmal ein Leichtmatrose neben Ihnen auf und fragt: *"Moin Captain, könnte ich ein Teil der Heuer schon jetzt haben?"* Was würden Sie tun? Unter uns: Sie würden doch auch nicht „Mann über Bord" rufen.

Ach herrje: Da wäre ja noch Karl „Nostradamus" Lauterbach. Es hat durchaus schon etwas Fraktionsübergreifendes, wenn ein Roter so hemmungslos „schwarz" malen kann. Und vieles von dem, was er in seinem rekordverdächtigen Talkshow-Marathon ausführt, ist nachvollziehbar. Aber ist nicht angeblich im Mittelalter der Überbringer der schlechten Nachricht geköpft worden? Ich hoffe sehr, von dieser Zeit ist nicht allzu viel kleben geblieben.

Es ist zum Verzweifeln: Die SPD hat unbestrittene Verdienste in der Corona-Krise. Sie alle aufzuzählen, würde den Rahmen dieses Buches sprengen. Während aber CDU/CSU in den Umfragen gerade durch die Decke gehen, kommen die letzten roten Mohikaner in der Außenwirkung häufig rüber wie ein Esel.

Heureka: Die SPD bräuchte in Ihrem Logo genau dieses Wappentier! Denn es passt hervorragend: ein Esel ist irgendwie sympathisch, wurde früher einmal viel gebraucht und macht sich von Natur aus so seine Gedanken, wie die Lasten verteilt werden. Aber er gilt auch nicht unbedingt als hellste Kerze auf der Torte!

„Kleine Wunder"

Meine Wohnung ist blitzeblank wie nie, aber es kommt kein Besuch. Der Liter Diesel kostet keinen Euro, aber du hast keinen Grund weit zu fahren. Und irgendwie verliert man völlig das Zeitgefühl. Manchmal weiß ich gar nicht mehr, was für ein Tag gerade ist. Mein Highlight unter der Woche ist es mittlerweile, wenn mir der muskelbepackte Türsteher vorm Aldi zunickt, dass ich eintreten darf. Dass ausgerechnet mal ein Discounter zum heißestes Club der Stadt avanciert, hättest du dir auch nicht träumen lassen.

Und wie sehr vermisse ich die Stunden beim Friseur! Das Virus macht uns zwar (hoffentlich) nicht zu Zombies, aber bald sehen wir alle so aus! Jeden Morgen nach der Körperpflege fällt mir auf, wie das Grau in meinem Haaransatz mehr wird. Furchtbar! Bald sehe ich aus wie eine dicke Ausgabe von Guido Cantz! Klar könnte ich mir Färbemittel besorgen (wird das eigentlich auch gehamstert?) Aber dann sähe ich aus wie der späte Elvis.

Die tägliche Pflege ist so wichtig. Man darf sich nicht gehen lassen! Mein Nachbar erzählte mir beim Balkonplausch, dass seine Frau keinen BH mehr trägt. Sie dürfe ja eh nicht raus. Jetzt bastelt er aus ihren Büstenhaltern Atemschutzmasken. Ein BH macht zwei Masken. Wirkt gut, sagt er, riecht nur etwas muffelig.

Wie heißt es so schön: Not macht erfinderisch! Ein Freund von mir leitet eine Messebaufirma. Alle Frühlingsmessen sind abgesagt worden. Umsatz von 100 auf 0! Jetzt nutzt er sein Know How, produziert Spuckwände für Supermärkte und sucht händeringend nach neuen Mitarbeitern.

Brauereien bringen sich ein und brauen jetzt Desinfektionsmittel. Und das Tollste: Bei vielen Marken ändert sich geschmacklich gar nichts.

Andere kochen Suppe für Hilfsbedürftige oder bringen Brötchen an die Tür von Isolierten. Denn das ist vielleicht das Großartigste in diesen beschränkten Wochen: Wie viele von uns einfach nur helfen wollen. Wir müssen Abstand halten und fühlen uns dennoch dem anderen so nah. Aus „Ich" wird „Du". Aus Überholspur wird Rettungsgasse. Es ist ein kleines Wunder!

Darf ich Ihnen etwas gestehen? In meinem stillen Kämmerlein schreibe ich an einer Liste. Sie heißt: „Dinge, die bleiben sollten, wenn der ganze Spuk vorbei ist". Ganz oben thront der Wunsch, dass die Wertschätzung für Pflegerinnen, Feuerwehrleute, Kassiererinnen, Brummifahrer, Seelsorger oder Obdachlosenversorger nicht nur jetzt spürbar ist, sondern sich in unseren Köpfen zementiert. Menschen, für die Empathie kein Notprogramm ist, sondern Alltag.

Der schwäbische Lyriker Friedrich Hölderlin, der soeben seinen 250. Geburtstag feiert, hat einmal gesagt:

„Wo aber Gefahr ist, da wächst das Rettende auch".

Hölderlin ist übrigens in Tübingen verstorben. Genau da, wo Dietmar Hopp vielleicht schon bald den Wirkstoff gegen Covid-19 findet. Wollen wir es hoffen. Sogar die Fußballfans würden es ihm danken.

Homeoffice mit Dramaqueen

Wir sollten nie vergessen, dass viele von uns neben dem aufgezwungenen Homeoffice auch noch die geliebten Balgen am Hals hatten. Die ganzen Eltern bzw. Alleinerziehenden, die neben ihrem Job auch noch rund um die Uhr den Nachwuchs bändigen mussten, gehören für mich definitiv mit auf die Liste der „Helden im Lockdown"!

Ein geschätzter Kollege mit zwei kleinen Kindern berichtete mir, dass er durch die Schließung der Kitas und Spielplätze maximal noch eine Stunde pro

Tag arbeiten konnte. Da habe ich es noch relativ gut. Ich bin nur alleinerziehender (besser sollte ich sagen alleinverzeihender) Vater einer mittlerweile 19jährigen Tochter. Mit 13 ist dieser Wildfang zu mir gezogen und schenkt mir seitdem Einblicke in die diversen Entwicklungsstufen der menschlichen Pubertät.

Normalerweise kommuniziere ich mit meiner Schutzbefohlenen per WhatsApp, selbst wenn sie nur zwei Meter Luftlinie von mir entfernt ist. Und natürlich ist sie schon sehr selbstständig. Neben aufräumen, Wäsche aufheben, waschen, bügeln, putzen, Altglas aufsammeln, Bett beziehen, Wäsche einräumen, Schlüssel suchen, Müll wegräumen, Geld hinlegen, sie nachts abholen und einkaufen muss ich eigentlich **NICHTS** für sie tun.

Aber eine Klippe am Tag gibt es schon: die Frage der Nahrungsaufnahme. Jeden Morgen so gegen 16:00 Uhr, wenn Ihre Durchlaucht die Welt mit der Gnade ihres Aufstehens beglückt, fegt der Tsunami ihres Magenknurrens über mich hinweg. Fairnesshalber will ich anmerken, dass mich meine jugendlichen Eltern häufig bei dieser heiklen Herausforderung unterstützen. Ich würde ansonsten durchdrehen. Warum, entnehmen Sie einem stark gekürzten WhatsApp Chat an einem ganz normalen

Pandemietag. Den Müttern und Vätern muss ich es nicht erklären, dem Rest aber sei gesagt: Corona ist hart, das Elternleben ist härter!

„Was essen wir gleich?"

„Was gedenkst du denn zu speisen?"

„Also ich koche nichts!"

„Ich könnte es doch mal versuchen"

„Vergiss es. Du kannst nicht kochen! Also was ist jetzt??!"

„Such dir es aus!"

„Naja wir könnten bei Pizza Schlitzer (Name geändert) bestellen da gibt es glaube ich chinesisches Essen aber falls die überhaupt eine Erdnusssauce haben dann ist die scheisse"

„Und was ist mit einem Hamburger von Antonio (Name geändert)?"

„Ne..... was ist denn jetzt?"

„Also doch was vom Schlitzer?"

„Gibt es da Erdnusssauce?"

„Ich schaue mal nach. Aber warum muss ich das eigentlich alles tun? Ein bisschen aktiver könntest du schon sein!"

„Fühl mich nicht gut. Deswegen"

„Es gibt ein Gericht mit Reis, Huhn, Gemüse und Erdnusssauce."

„Perfekt! Wenn du mir einfach gebratene Nudeln ohne alles mit Erdnusssauce bestellen könntest wäre ich dir sehr dankbar."

„Ich versuche es. (ein Telefonanruf später) Bei Pizza Schlitzer gab es in der Küche einen Brand. Es gibt zurzeit keine Nudeln und nichts Chinesisches."

„Ach gar nichts mit Nudeln?"

„Nein!"

„Und nichts chinesisches?"

„No"

„Und wieso hat es da gebrannt??"

„Ich weiß es nicht! Vielleicht gehört das zu deren Geschäftskonzept!"

(Pause. Ich schreibe währenddessen zwei Kapitel fürs neue Buch. Da: eine neue Nachricht! Es lebt!!))

„Krass! Und was machen wir jetzt?"

„Vielleicht doch Antonio? Du schaust aber selber in die Karte!

(Minuten später) „Es gibt da das Gericht Ente Erdnuss. Da ist Erdnusssauce mit dabei!"

„Welche Nummer?"

„262"

„Wirklich? Bei mir ist es die 275."

„Im Netz aber 262!!! ich finde zwar diese Sojasprossen nicht so geil aber sonst wäre es genauso wie es da steht."

„In Ordnung, ich fasse zusammen: 262 ohne Sojasprossen.."

„Und ohne Gemüse."

„Und ohne Gemüse…"

„Papa, du bist der Beste!!! Und was nimmst du?"

„Jetzt nichts mehr, danke"

Ich vermisse die Bühne. Haben Sie zufällig Verwendung für einen hungrigen Kabarettisten?

Frohe Ostern

„Eine Pandemie kennt keine Feiertage", hat unsere Kanzlerin vor kurzem gesagt. Ein weiterer Beleg dafür, was für ein Vollpfosten das Virus ist! Denn gerade das Osterfest ist etwas ganz besonderes. Jetzt sollten wir heutzutage nicht mehr unbedingt voraussetzen, dass jeder ad hoc weiß, warum dieses Fest eigentlich gefeiert wird. Ein Realschüler der neunten Klasse wurde einmal im Religionsunterricht gefragt: „Was geschah Ostern?" Was war seine Antwort: „Äh, Jesus ist aufgekreuzt." Oh Herr, lass Hirn regnen! Andere denken, Ostern sei der Tag, an dem ein Eier legender Hase gezüchtet wurde. Und viele junge Menschen erkennen die Ostertage nur noch daran, dass bei Kabel Eins alle Folgen von „Stirb langsam" laufen.

Hey Bros, das ist Käse! Ostern ist etwas Wunderbares. Im christlichen Glauben beschreibt es die Idee, dass unser Leben nach dem Tod weitergeht. Und zwar so, dass wir für unseren

Netflix-Account gar nichts mehr bezahlen müssen! Das soll uns Kraft und Zuversicht spenden.

Diese positiven Perspektiven kursieren übrigens auch in anderen Religionen. Im Islam stellt man sich das Paradies so vor, dass nach dem Tod 72 Jungfrauen auf dich warten. Ok, es gibt auch Gelehrte, die meinen, dass an der Stelle der Koran falsch übersetzt wurde und nicht 72 Jungfrauen gemeint sind, sondern eine 72 jährige, die noch Jungfrau ist. Im Hinduismus geht man davon aus, dass unsere Seele und unser Geist ewig existieren. In einem früheren Leben waren wir vielleicht ein Kieselstein am Rheinufer und im nächsten sind wir der Schlüpper von Helene Fischer. Und wenn Sie denken, sieben Leben sind genug, dann reden Sie mit ihrer Katze. Durch den Lagerkoller wird sie Ihnen sogar antworten.

Vor uns liegt aber jetzt auch eine besondere Herausforderung: Wir hätten Ferien gehabt, das Wetter ist grandios, aber wir dürfen nicht raus. Vor ein paar Monaten hätten wir noch den Pflichtbesuch bei der buckligen Verwandtschaft verflucht. Jetzt würden wir nichts lieber tun als mit der Schwiegermutter in der Eifel die dritten Zähne auszutauschen! Ich kann Sie deshalb nur anflehen: bitte bleiben Sie zu Hause. Verstopfen Sie nicht die

Wanderwege und Promenaden. Beißen Sie in diesen besonders sauren Apfel! Sonst haben wir wirklich eine Wiederauferstehung, und zwar die an Neuinfektionen. Und wenn Sie es gar nicht mehr aushalten, dann gehen Sie wenigstens dahin, wo niemand hin will: zur SPD-Geschäftsstelle oder zum Stadion von Bayer Leverkusen!

Machen Sie sich doch stattdessen einen Spickzettel, was Sie alles tun werden, wenn wir den viralen Wahnsinn überstanden haben. Bei mir steht ganz oben: Bei lokalen Einzelhändlern einkaufen, die besonders unter dem Verdienstausfall leiden mussten. Den nächsten Urlaub nicht online, sondern übers Reisebüro buchen, damit die wieder halbwegs auf die Beine kommen. Mein persönlicher Sehnsuchtsort ist zum Beispiel eine Stelle am Gardasee. Mir blutet das Herz, wenn ich die Bilder aus der Lombardei sehe. Sobald ich darf, fahre ich dahin und dann gibt es für den Espresso ein besonders großzügiges Trinkgeld. Ich bin mir sicher, Sie alle kennen so einen Ort.

Passend zu den Festtagen möchte ich Ihnen noch eine private Geschichte anvertrauen. Ich finde, sie hat viel mit dem Grund zu tun, warum wir Ostern feiern: Vorletztes Jahr ist mein Onkel an Krebs gestorben. Für seine Intensivbehandlungen wurden ihm damals ein paar Atemschutzmasken zur Verfügung gestellt. So richtig gute mit Filter. Da er leider nicht mehr alle brauchte, hat mir meine Tante jetzt eine davon geschenkt. Dass ausgerechnet mein Onkel über seinen Tod hinaus vielleicht mein Leben rettet, das hätte ich auch nie für möglich gehalten!

„Es geht auch anders"

Gestern wurde ich im Supermarkt angesprochen: „Ach Herr Brüske, ihre Kolumne ist ja soo erfrischend. Toll, dass sie immer gute Laune haben!" Häää!? Ja, ich bin eine rheinische Frohnatur, aber in den letzten Tagen war ich manchmal so sauer, dass ich mir den ganzen Alkohol, den ich die letzten Wochen in die Hände verrieben habe, hinter die Binde kippen wollte. So viele von uns reißen sich zurzeit das Körperteil unterhalb des Steißbeines auf, um anderen zu helfen.

Aber dann hörst du plötzlich, dass Adidas für seine Geschäfte keine Miete mehr bezahlen möchte. Ein Unternehmen, dessen Jahresgewinn (nicht Umsatz) allein letztes Jahr größer war als das Bruttoinlandsprodukt von Haiti! Mittlerweile hat sich Adidas entschuldigt und will doch Miete bezahlen. Aber man konnte es ja mal versuchen.

Fast schade: Ich hatte mich schon darauf gefreut, mir dort nach Wiedereröffnung der Geschäfte die teuersten Sneakers auszusuchen, zur Kasse zu gehen, um dann larmoyant zu sagen: „Sorry, ich bin Kabarettist, bei mir läuft es gerade nicht so prickelnd. Schicken sie die Rechnung bitte an Frau Merkel!"

Und Adidas ist kein Einzelfall: Va Piano, die Titanic unter den Restaurantketten, meldete wenige Stunden nach Ausrufen der Kontaktsperre Insolvenz an. Und die Warenhauskette Kaufhof/Karstadt, deren Marketingabteilung scheinbar noch von Fred Feuerstein geleitet wird, gibt auch auf. Und hören Sie mir auf mit Amazon! So lange die so gut wie keine Steuern bezahlen, ist das für mich tabu. Macht nur so weiter! Wenn der ganze Spuk vorbei ist, kaufe ich nur noch bei persönlich geführten

Läden ein. Da vertraue ich den Menschen an der Kasse, weil sie mit uns durch dick UND dünn gegangen sind.

„In der Krise beweist sich der Charakter", hat Helmut Schmidt einmal gesagt. Würde unser Altkanzler heute noch leben, hätte er dem Virus wahrscheinlich allein mit dem Qualm seiner Menthol Zigaretten den Garaus gemacht.

Seine politischen Nachfolger erhalten zurzeit viel Zustimmung. Und ja, es wird viel getan. Es entbehrt zwar nicht einer gewissen Komik, wenn Olaf Scholz mit nordischer Pastorenstimme verkündet, dass er die Bazooka rausholt. Und der unermüdliche Peter Altmaier, bei dem du dich immer schon gewundert hast, dass sich Politiker von Diäten ernähren, hat jetzt sogar seine Wohnung in Berlin gekündigt und schläft bei Anne Will im TV-Studio. Die Politik unternimmt alles, was in ihrer Macht steht. Manchmal weiß ich gar nicht mehr, ob ich abends zum lieben Gott beten soll oder zu Markus Söder.

Nur bei unserem Gesundheitsminister tue ich mich noch etwas schwer. Diesem selbstbewussten Münsterländer, der das Virus gerne in „Spahnsche Grippe" umbenennen würde. Wissen Sie: Noch letztes Jahr habe ich mich mit vielen anderen für den Erhalt der Kinderklinik in Sankt Augustin eingesetzt. Wir haben dafür gekämpft, dass unser Gesundheitssystem nicht zur Ware verkommen darf. Die gleichen Experten aber, die noch letztes Jahr die Halbierung unserer Krankenhäuser angeregt haben, fordern jetzt von uns massive Einschränkungen im Alltag, damit unser Gesundheitssystem nicht kollabiert. Ein System, das sie vorher klein gespart haben.

Corona, weltweite Krise, das konnte ja keiner vorher wissen? Doch!

Im Jahr 2013 veröffentlichte das Robert Koch Institut einen Pandemieplan, der fast hellseherisch die jetzige Situation beschrieb und irgendwo im Behörden-Babylon versandete. Das wäre so, als ob du sechs Richtige im Lotto hast, aber den Gewinn nicht abholst. Alle Warnungen zu Beginn des Jahres, egal ob von Verbänden oder Herstellern, dass wir nicht ausreichend Schutzausrüstung hätten, wurden in den Wind geschlagen.

Wir haben in Deutschland eine Notreserve an Gold, Rohöl und Konsens, äh Kondensmilch.

Atemmasken, das haben wir gelernt, fallen nicht darunter. Spätestens, nachdem der Haupt-produzent China Anfang Februar den Export stoppte, war der Markt überhitzt und manche nahmen zeitweise für eine Schutzmaske locker das 30fache des üblichen Preises. Es könnte einem die Galle hochkommen. Den Nächsten, der mir sagt: „Das regelt doch alles der Markt", verurteile ich zu Einzelhaft und 15 Jahre nonstop Michael Wendler hören! War das zu hart? „Egal"!

Aber vielleicht können wir das alles bei der nächsten Pandemie besser machen.

Der Dalai Lama hat einmal den weisen Satz gesagt: *„In der Wut verliert der Mensch seine Intelligenz"*. Deshalb trinke ich jetzt meine letzte Flasche Desinfektionsmittel auf Ex und halte die Füße still. Aber sobald wir aus dem viralen Tunnel raus sind, sollten wir dringend alles in Ruhe aufarbeiten. Und dann, liebe neoliberalen Sparfüchse, und das sage ich als Sohn eines Handwerkers, dann fliegen die Spähne!

Die Peter-Pan-Demie

Kennen Sie das Peter Pan-Syndrom? Es bezeichnet ein „unverantwortliches Verhaltensmuster". Der Betroffene hat meist starke narzisstische Züge und möchte partout nicht erwachsen werden. So etwas erleben wir aktuell auch in der Corona-Krise. Und zwar so heftig, dass wir getrost von einer „Peter Pan-Demie" sprechen dürfen.

Und es ist ja auch kein Wunder: Während in normalen Zeiten 80 Millionen Fußballtrainer den Job von Jogi Löw viel besser machen könnten, so wähnen sich nun Unmengen von selbsternannten Virologen im Besitz der ultimativen Wahrheit. Und obwohl die meisten das Wort gar nicht unfallfrei aussprechen können, halten sie sich für hochbegabte Äppide äh Eppideppi äh Äppelwoi, verdammt! (sorry, ich muss kurz googeln) So jetzt: Epidemiologen!

Und dauernd werden neue Ängste geschürt: Letztens kam „angeblich" eine Meldung des Gesundheitsministeriums, dass das Virus auch durch Geld übertragbar ist. Oh je. Ich habe gerade meinem Vermieter einen stattlichen Betrag überwiesen. Habe ich den damit angesteckt? Und wer erhöht jetzt für ihn die Nebenkosten?

Oder mehrere „seriöse" Medien melden, dass Nikotin vor COVID-19 schützt! Als Raucher freue ich mich darüber, aber wer steckt hinter der Studie: Professor Marlboro? Oder noch besser: Bei CNN (nicht Fox News) kam die Eilmeldung, dass Alkohol die Symptome lindert. Na prima: da bekommt der Ausdruck „Schluckimpfung" eine ganz neue Bedeutung!

Unter den angeblichen Fachleuten tummeln sich leider auch einige mit akademischem Grad und einer gewissen Expertise, auch wenn sie sich nur im Pförtnerhäuschen des Lukas -Podolski-Klinikums in Köln-Müngersdorf abgespielt hat. Hinter der Akribie dieser Leute steckt höchstwahrscheinlich der Frust, nicht in den erlauchten Kreis der „Leopoldina" aufgenommen worden zu sein: einer Institution, die viele von uns noch vor wenigen Monaten für eine schlagende Burschenschaft aus Wolfenbüttel gehalten haben.

Da geht mir zuweilen der schöne Satz von Heinz Erhardt durch den Sinn:

„Manche Menschen wollen glänzen, obwohl sie keinen Schimmer haben."

Und zu der Zeit dieses großen deutschen Komödianten gab es noch gar kein Internet. Denn dort, in den zuweilen hirnbefreiten Weiten des „Netzes" geht es erst so richtig ab: Da meldet sich der ein` oder andere Captain Hook mit Aluhut und doppelter Augenklappe, der wahrscheinlich noch nicht mal die Aufnahmeprüfung bei der AFD bestanden hat. Dabei entbrennt ein skurriler Streit unter den Verschwörungs-Affinen, wer denn nun „wirklich" für das Virus verantwortlich ist. Denn irgendeiner muss ja hinter dem ganzen Schlamassel stecken!

Israel würde Sinn machen, denn aus dem Hebräischen stammt das Wort Schlamassel. Oder war es doch Bill „Lucifer" Gates? Die böse Frau Merkel geht eigentlich immer. Oder vielleicht Björn Höcke? Als Rache dafür, dass Bodo Ramelow ihm nicht die Hand geschüttelt hat! Und überhaupt: Warum hat Ramelow ihm in Erfurt eigentlich nicht die Hand gegeben? Wusste er damals vielleicht schon mehr?? Spooky!!

Ich wundere mich ein wenig, dass niemand auf das Naheliegende gekommen ist. Aus meiner Sicht (und ich muss es wissen, denn ich hatte einen Kochkurs an der Volkshochschule in Troisdorf) kann nur einer dahinter stecken: die Toilettenpapierindustrie! Die kolumbianischen Klo-Kartelle haben uns das eingebrockt, um ihren Umsatz ins Unermessliche zu steigern. Und der Beweis meiner These steht sogar auf vielen Packungen: **Ja!** „Ja, wir haben es euch gezeigt! Das kommt davon, wenn ihr uns nur verarscht!"

Ich bin mir sicher: Meine Theorie wird in die „Analen" der Appledemmel äh Wissenschaft eingehen.

Was ich Ihnen mit all dem sagen will: Seien Sie kein Narzisst, denken Sie verantwortungsvoll und folgen Sie nicht den Rattenfängern, egal ob Sie in Hameln wohnen oder in Nimmerland.

Weltfrauenzeit

Es macht mich nicht stolz, diese Studien zu zitieren, aber fast dreiviertel der Menschen, die zurzeit den Laden am Laufen halten, sind Frauen. Während viele von uns Männern noch dem abgesagten Bundesligabetrieb hinterherheulen, sind es unsere „besseren Hälften", die Masken nähen, Alte und Kranke pflegen oder im Supermarkt an der Kasse sitzen. Dieses Phänomen gab es übrigens schon einmal in ähnlicher Form: Nach dem 2. Weltkrieg nannten wir diese Generation „Trümmerfrauen". In Coronazeiten nenne ich sie „Kümmerfrauen"!

Dreiviertel Frauen! Hey Männer, das lassen wir doch nicht auf uns sitzen! Es ist Halbzeit und wir liegen 1:3 zurück. Wo haben wir denn noch Männerdomänen? Da wären die auf fallende Börsenkurse wettenden Hedgefonds Manager (Hol euch der Teufel), DAX-Vorstände und Aufsichtsräte:

Pfeift auf eure Boni und spendet einen Teil eures Salärs.

Ihr Handwerker: Wenn ihr das nächste Mal zu einer Kundin müsst, um die Heizung zu reparieren: Bringt einen Strauß Blumen mit und spendiert die Anfahrtskosten. In dem Zusammenhang hier einer meiner All-Time-Lieblingswitze: „Wie nennt man einen Malerbetrieb, der nur Vorkasse akzeptiert? Malen nach Zahlen!"

Ihr Couchpotatoes, deren einziges Erfolgserlebnis es in den letzten Wochen war, Klopapier zu hamstern (Der Ausdruck „Klugscheisser" macht jetzt endlich Sinn): Tragt doch mal den Müll (getrennt bitte!) runter und lasst euch die Funktionsweise von Putzeimer und Bügelbrett erklären! Also Männer: Nur wenn wir alle gemeinsam anpacken, steht es am Ende unentschieden und wir schaffen es in die Verlängerung.

Wer in diesen Tagen nicht zum Feminist wird, hat zu lange Call of Duty gespielt. Auf gehts liebe Geschlechtsgenossen, wir sind mehr als turtelnde Testosterondruiden! Gewöhnen wir uns ab dem heutigen Tag an ein paar Sätze, die wir bisher vielleicht noch nie zu unseren Schätzen gesagt haben. Hier meine fünf Vorschläge für euch:

Satz Nr.5: „Ich muss die Sky-Konferenz nicht sehen. Möchtest Du mal auf die Couch?"

Satz Nr.4: „Also die Landschaft in diesen Rosamunde Pilcher Filmen ist ja wirklich grandios!"

Satz Nr.3: „Nein, bleib liegen, ich bringe dir den Kaffee ans Bett."

Satz Nr.2: „Ach da ist die Spülmaschine!?"

Und wem das alles noch zu viel ist, dem empfehle ich den wirkungsvollsten Satz jeder glücklicher Beziehung:

„Schatz, wie war dein Tag?"

Wer diese empathischen Hürden genommen hat, kann sich immer noch belohnen mit dem Konsum von „Pornhub", einem Internet-Sammelsurium dialogarmer Filmchen, dargeboten von Astralkörpern in chronischer Textilarmut. Denn genau dieses nicht Grimmepreis verdächtige Konvolut der Leibesübungen hatte im Virenfrühling seinen Premiumkanal freigeschaltet. Ich wusste das selber nicht, ein Freund hatte es mir erzählt. Dort könne ein jeder seinen handwerklichen Talenten frönen. Ich weiß nicht so recht. Solch ein

„autogames Abschweifen" ist doch eigentlich gar nicht nötig.

Aus eigener Erfahrung kann ich bezeugen: Wer sich ein wenig um seine Partnerin „kümmert", bekommt häufig mehr zurück als ihm lieb ist.

Die Weisen aus dem Sorgenland

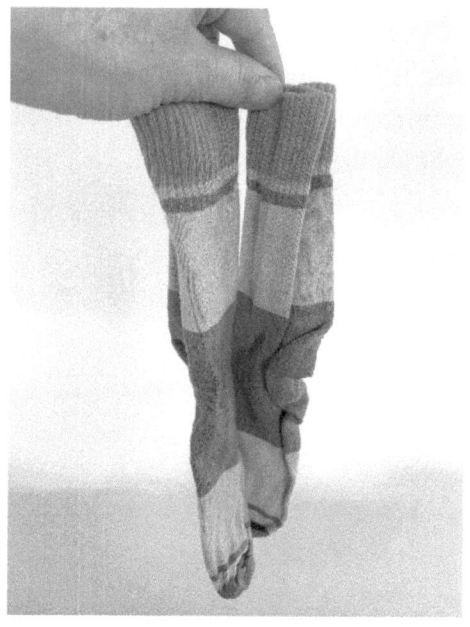

In den Tagen der viralen Plagen bin ich zur Überzeugung gelangt, dass es ratsam ist, dem Tag eine gewisse Struktur zu geben. Gerade, wenn bei dir als Kultur schaffendem Freiberufler die Betonung auf „frei" liegt. Dazu zählt unter anderem der wohl dosierte Konsum von Nachrichtensendungen. Nicht, dass die Welt untergegangen ist und du wurdest dabei vergessen.

Und so verfolge ich auch heute die Tagesschau und die erste Meldung lautet einmal mehr: „Deutschland erwartet eine Rezession!" Ach was. Doch! Die Wirtschaftsweisen hätten das herausgefunden. Und jetzt kommt`s: „Das Konsumklima befindet sich auf einem historischen Tiefstand!" Wer hätte das nach fünf Wochen Lockdown für möglich gehalten! Aber ich möchte mich sicherheitshalber noch einmal vergewissern. Was sagt denn der IFO Klima-Index? Wie, auch schlecht??

Ich frage mich ja schon seit längerem, wie sich unsere Welt weiterentwickeln könnte, wenn wir uns mit gleicher Kraft um das Klima kümmern würden wie um den Klima-Index. Und wofür steht überhaupt dieses „IFO": für „Ich frage Oma" oder „Insider fachsimpeln oft"? Klar machen die auch nur ihren Job. Aber es muss doch nicht immer gleich der Aufmacher in den Nachrichten sein. Erzählt mir was Neues! Dass das Lahmlegen von Industrienationen zu wirtschaftlichen Einbußen führt, ist so logisch wie die Tatsache, dass Sahra Wagenknecht nie Chefin des Arbeitgeberverbandes wird.

Mich erinnert diese Redundanz der Hiobsbotschafter an meine Kindheit: Es war zumeist im Winter und ich hatte mir dann doch schweren

Herzens die hässlichen Wollsocken angezogen, die mir mein (fast erblindeter) Opa zu Weihnachten geschenkt hat. Die so kratzen und heute vielleicht wieder modern wären als Bühnenoutfit für Lady Gaga. Ich ziehe mir die Dinger also notgedrungen an, bin schon fast aus der Tür, da brüllt meine Mutter durch das ganze Haus: „Zieh dir die dicken Socken an. Es ist kalt!"

Warum wird meine Mutter eigentlich nie für den Kreis der Wirtschaftsweisen nominiert? Ich könnte es kaum erwarten, wie sie die Prognose für die nächste Nacht erstellt:

„Nach allen Erkenntnissen, die uns vorliegen, wird es.. Moment, lassen Sie mich kurz schauen... es wird dunkel. Und diese Maßnahme greift direkt im Anschluss an den Sonnenuntergang."

Neiiiiiin!! Doch!! Ooohh!!! Wenn das so weiter geht, mutiere ich noch zu Louis de Funès. Langsam ist es doch kein Wunder mehr, dass die Leute entweder panisch werden oder bekloppt.

Warten Sie mal kurz: da kommt gerade eine Eilmeldung über den Ticker: Die Deutsche Lufthansa erwartet einen Umsatzrückgang. Also das hätte ich jetzt nicht gedacht!

Bekenntnisse eines Blockwartes

„Tach erstmal. Ich heiße Bernward Bock. Mein Nachbar, der Herr Brüske, hat mich jebeten, ein Kapitel für sein Buch zu schreiben. Da hab ich ihm jesacht, für drei Monatsmieten mach ich so einiges. Mal ehrlisch, der is ja ne nette Kerl. Ab und zu helfe ich dem mal in seiner Wohnung. Weil so wie der nen Hammer in der Hand hält, muss der drei linke Hände haben.

Also zu dem Corona, watt soll ich Ihnen da sagen? Die Leute sind nur noch am jammern. Datt se nicht mehr raus dürfen und solange in der Wohnung hocken. Und dann schimpfen die auf die janzen Einschränkungen, so mit ohne Freiheit. Also jetzt mal janz ehrlich: et ist doch mal schön, datt et wieder ein wenig Zucht und Ordnung gibt!

Also ich persönlich bin ja jern zu Haus. Ich verbringe die meiste Zeit auf meinem Balkon. Datt ist jesund und du hast den janzen Tach Knöllchenkino! Ich weiß doch jenau, wer bei uns im Block nur Party im Kopp hat. Watt meinen Sie, wie ich den janzen Hiphoppappenheimern den Marsch blase, sobald die zu dritt aus der Tür wollen. Zum Jlück hab ich ja noch die alte Trillerpfeife aus der Kreisliga. Allein jestern habe ich zwölfmal bei der Polizei anjerufen.

Und jeden Abend dieses Jeklatsche für datt Pflegepersonal und die Frau vom Aldi. Ich kann et nitt mehr hören! Dem Ordnungsamt hab ich datt natürlich schon längst jesteckt. Aber die sagen, datt se da nix machen können. „Das sei ja aus Dankbarkeit". So ein Quatsch! Irjendwann klatsche ich auch, aber nitt Applaus!

Also ich persönlich interessiere mich nicht für Politik. Wenn ich die nur seh, die Andrea Merkel. Die hätte ich vier Monate in Quarantäne jesteckt! Der einzige, der da watt taugt, ist der Friedrich Mai, näh April, Quatsch Merz. Der würde mal ordentlich durchwischen bei dem janzen grünen Schimmel.

Datt habe ich so letztens im Treppenhaus auch unserem Ingwerschock aus`m dritten Stock jesacht, der mit dem Elektroauto. Da sacht doch dieser linke Spinner zu mir: *„Das Positivste an dem Friedrich Merz ist sein Testergebnis!"* Da habe ich natürlich gleich meinen Lieblingsspruch rausjehauen. Kennen se den: Faust an Fresse, Interesse??

Aber soll ich Ihnen mal watt sagen? Kommen se mal näher, ja noch näher. Ich will nitt so laut sprechen: Ist Ihnen mal aufjefallen, datt dieses Coronadingens bei den Ossis in Dunkeldeutschland am wenigsten verbreitet ist? Und zwar jenau da, wo die AFD am stärksten ist! Ich glaube ja, datt datt Virus Respekt hat vor der Hundekrawatte von dem Gauland. Ich sach et Ihnen: wenn wir alle in die AFD eintreten, ist der Driss nämlich janz schnell vorbei!

Apropos schnell, datt mit der Corona Soforthilfe, datt is schon tippitoppi! Auch wie unkompliziert datt jeht. Ich habe selber schon acht Anträge jestellt. Ja, datt macht Spaß und ich muss mir jeden Tach watt Neues ausdenken. Gestern war ich ein Fliesenleger aus Flittard. Und morgen Modediseiner aus Düsseldorf. Nää watt herrlich!

Janz ehrlich? Wenn et nach mir jeht, kann datt Virus noch watt bleiben. Eigentlich sind et doch joldene Zeiten! Ich hab jetzt jelesen, datt in Sachsen nur maximal 15 Menschen in die Kirche dürfen. Da lach ich mich kapott! Ich kenne Pfarrjemeinden hier im Süden von Köln, die wären froh, wenn mal so viele kämen! Datt ist ja auch nicht einfach für die janzen Pfaffen, wenn se mit den Messdienern keine Überstunden mehr machen dürfen!

Aber haben se jehört? Obwohl viel weniger Autos fahren, sind die Stickstoffwerte immer noch jenau so hoch! Können sie sich datt vorstellen? Watt für ne Verarsche! Wenn ich wieder darf, dann hole ich meinen alten Diesel vom Schrottplatz und dann aber Bleifuß ins Fichtelgebirge. Da kann datt Ökopippi aus Takkatukkaland so lange schimpfen wie et will! Datt dat datt überhaupt darf!!

So, mehr fällt mir auch nicht ein. Ist datt ok, Herr Brüske? Und wie machen wir datt mit dem Geld? Ich muss nämlich gleich wieder aufn Balkon. Heute habe ich noch die Samstagabendschicht und da kommst de kaum zum Bier holen.

Maskerade

Mit keiner Maßnahme zur Eindämmung des Virus taten sich Politik und Wissenschaft so schwer wie mit der Einführung der Maskenpflicht.

Von dem Zickzackkurs allein beim Robert Koch Institut konnte einem schon schwindelig werden. Vielleicht liegt es daran, dass dieses leidige Thema gleich mehrere Aspekte in sich vereint: Schutz, Mangel und Vertrauen.

Dass in Ostasien das Tragen einer Maske selbst in „normalen" Zeiten gang und gäbe ist, haben wir inzwischen gelernt. Den Virenprotektor trägst du dort vor allem als vorausschauende Geste, andere nicht an deiner Bronchitis und feuchten Aussprache teilhaben zu lassen. Klingt logisch, geht aber nur schwer in unsere germanischen Köpfe. Wieso eigentlich? Im Karneval kostümieren wir uns mit den aberwitzigsten Verkleidungen, aber ein Mund- und Nasenschutz? *„Da sehe ich ja aus wie ein Bankräuber!"*

Dabei hatten unsere TV-Sender alles Medien-mögliche getan, um uns an dieses sensible Thema heranzuführen: Bei PRO 7 wurde „The masked singer" zum Quotenhit und selbst Didi Hallervorden als Angehöriger der Hochrisikogruppe wurde dort seiner Vorbildfunktion gerecht. Bei ARTE lief die wundervolle Guiseppe Verdi-Oper „Un ballo in maschera". Und in jeder zweiten Quizshow trat Henry Maske auf.

Die Politik jedoch wackelte bei dem Thema bedenklich und führte eine wahre Maskerade auf. Natürlich ist selbst dem einfachsten Gemüt deren Schutzfunktion schon seit längerem klar. Aber woher nehmen wenn nicht stehlen? Wer gibt schon gerne zu, dass er bei der Beschaffung der Dinger zu lange auf dem Beatmungsschlauch gestanden hat? Vielleicht wäre hier ein ehrliches Statement ratsamer gewesen, aber dann hätte man schon früh die „Masken fallen" lassen müssen.

Die Politik steckte aber auch in einem Dilemma. Schauen Sie nach Österreich: Die Alpenrepublik hat vor kurzem noch ein Vermummungsverbot eingeführt! Gilt das jetzt auch noch? Von der hiesigen Diskussion über ein Burka- und Kopftuchverbot möchte ich gar nicht erst anfangen.

Einige Kommunen hatten da weniger Tragehemmung: Die Stadt Jena zum Beispiel hatte schon früh eine Maskenpflicht eingeführt. Lag es daran, dass der Ort ein Wissenschaftszentrum ist oder sollte Thüringen mal wieder in die Schlagzeilen?

Unsere Kanzlerin bezeichnete den Mund und Nasen-Kondom einmal als „Virenschleuder", sofern seine Verwendung nicht sachgemäß sei. Da hat sie Recht: Der korrekte Gebrauch muss tatsächlich geübt werden. Das Bild von Armin Laschet, auf dem er seinen Fazialfummel auf hat, aber die Nase frei liegt, bleibt in guter Erinnerung. Und leicht zu googeln ist auch das Filmchen, in dem Jens Spahn zweimal aufgefordert werden musste, seinen Gesichtsschutz korrekt zu tragen, bevor er mit zwölf weiteren Personen einen Aufzug betritt.

Aber trotz des Malheurs einiger Minister darf die Politik durchaus etwas mehr Vertrauen in den überwiegenden Teil der Bevölkerung setzen. Im Rheinland kennen wir das sogenannte „Kölsche Grundgesetz". In Zeiten der Pandemie merken wir uns die Grundregeln zur Not mit einem einfachen Vers:

„Riecht man den Furz, war der Abstand zu kurz

Hört man ein Schnief, saß die Maske zu tief!"

Deshalb mache ich gerne mit beim Maskenball. Denn wer mich schon einmal auf einer Bühne erlebt hat: Ich verfüge über eine ziemlich feuchte Aussprache. Natürlich ist aller Anfang schwer: Bei mir als Brillenträger beschlagen zum Beispiel die Gläser schon mal schnell und dsjelkchw xyjfzhrlr nbxdikrj. Oh entschuldigen Sie, jetzt geht es wieder.

Und was noch gewöhnungsbedürftig ist, sind die abstehenden Ohren, sobald du die Dinger trägst.

Wenn wir alles überstanden haben, müssen wir wohl alle erst einmal zum plastisch-chirurgischen Löffelanlegen.

Doch sollten wir irgendwann wieder Karneval feiern dürfen, hier meine Kostümvorschläge für die nächste Session: Batman, Panzerknacker oder Zorro mit heruntergerutschter Maske.

Ich gehe auf jeden Fall als Donald Trump, aber mit Maulkorb!

Iron Man

An die Stelle von Gottesdienstbesuchen sind bei mir die Pressekonferenzen unserer Kanzlerin getreten. Sobald ich weiß, dass eine kommt, ziehe ich mir den schwarzen Anzug an und stelle eine Schüssel Chips auf den Tisch. Einmal hat sie sogar schon zur Prime Time zu uns gesprochen, das war quasi der „Obi et Orbi aus der Uckermark". In einer anderen PK erklärte uns die umsichtige Pfarrerstochter die sorgsame Pflege der Schutzmasken: Wir sollten die benutzte Gesichtsbedeckung bei 60 Grad waschen, in die Mikrowelle legen und bügeln.

Bügeln!? Die Chips fielen mir aus dem Mund und mich traf der Blitz! Hatte unsere Rautenkönigin tatsächlich „bügeln" gesagt? Wie wundervoll, denn ganz ehrlich: Ich liebe bügeln! In diesen zensierten Zeiten hat bestimmt jeder eine private Vorliebe, bei der er abschalten kann und diesen ganzen Corona-Mist für ein paar Momente vergisst. Bei mir ist es eben das Bügeln. Das war schon immer so. Ja, ich bin der IRONMAN!

Früher hatte ich mal eine von den halbautomatischen semiprofessionellen Brettern, die in den Elektromärkten für viereckiges Geld feilgeboten wurden. Können Sie sich erinnern? Ich habe sie weggegeben. Es tut mir nicht gut, wenn es mir zu einfach gemacht wird. Ich brauche die Challenge: Brett, Eisen und der Rest ist Gefühl! Machen wir uns doch nichts vor: Nichts ist herausfordernder als die Begegnung mit einem verschrumpelten Textil: der Kragen, die Knopfleiste und das Ärmchen. Auf in den Kampf!

Ich kann mich noch gut an die Nacht vor meinem Scheidungstermin erinnern. Ich fand keinen Schlaf und war früh wach. Anstatt zu grübeln habe ich angefangen zu bügeln. Und zwar alles, was nicht bei drei in den Schränken war: Hemden, Bettwäsche und sogar Unterhosen. Ja, ich bügle auch die Unterhosen! Wichtig dabei ist, sie direkt danach anzuziehen. Mmmh, dieses wohlige Gefühl im Schritt: Das ist der Einlauf des modernen Hausmanns!

Ich glaube im Übrigen auch an die therapeutische Kraft dieser häuslichen Tätigkeit: Bügeln statt

Grübeln! Und nebenbei ist es auch ein phantastisches Anti-Aging Programm. Alleine, wenn sie das Kleidungsstück auflegen und dann mit chirurgischem Blick beginnen, die Falten zu straffen und die Unebenheiten zu glätten. Das schafft kein Kosmetikprodukt!

Bügeln schafft auch Vertrauen! Nicht umsonst heißt es in unserer Sprache *„Hast du ein Problem? Ich bügle das aus."* Also Leute, lasset mich der Avenger sein, der alles ausbügelt.

(Stellen Sie sich bitte ab jetzt pathetische Musik vor)

Vertraut dem IRON MAN! Oh ja, Ich will ein guter Bügler dieses Landes sein. Dafür bügle ich mit meinem Namen!

(Musik endet abrupt)

Oh, ich höre gerade, der Trockner ist fertig. Die nächste Mission beginnt! Aber jetzt mal unter uns Haushaltshilfen: Irgendwas war doch in den Chips drin.

Orgien in Coronazeiten

Unsere Kanzlerin gilt ja gemeinhin als eher sachlicher Charakter. Dass aber unserer Mutti in einer internen CDU-Präsidiumssitzung der Ausdruck „Orgien" über die Lippen kommt, ist schon eher erstaunlich. Viele waren sogar verblüfft, dass sie den Ausdruck überhaupt kennt! Genau genommen sprach sie von „Öffnungsdiskussionsorgien" im Zusammenhang mit den ersten Lockerungen nach dem sogenannten Lockdown, nennen wir ihn „Lockererdown" oder „Frohlockdown". Die Frisöre nennen es auf jeden Fall „Lockendown".

Doch während bei einer Orgie laut Definition „eine Gruppe gemeinsam unsittliches Verhalten betreibt", werden die Öffnungsdiskussionen in den Bundesländern sehr unterschiedlich geführt: Denn während in dem einen Land hunderte von Menschen auf Einlass im Baumarkt hoffen, bezahlst du anderswo für ein Picknick mit Freunden noch locker 250 € Strafe. Und während die Deutsche Fußball Liga allen Ernstes ihre Saison zu Ende bringen will, darfst du in manchen Regionen noch nicht mal zur Beerdigung deiner Oma!

Dabei haben sich unter den sechzehn Landesfürsten zwei Giganten zum Duell formiert: Laschet und Söder! Während Armin Laschet vorzugsweise die Menschen aus der Lethargie befreien will, möchte sie Markus Söder vom Beatmungsgerät der Intensivstation fern halten. Und dabei greift der resolute Franke sogar zu historischen Einschnitten: das Münchener Oktoberfest 2020 ist abgesagt!

Da dieses Büchlein aber auch Perspektiven aufzeigen will, hier mein Vorschlag, wie sie das Oktoberfest-Feeling auch zu Hause erleben können: Ziehen Sie sich zuerst ihr Dirndl oder Ihre Lederhosen an. Falls Sie keinen geeigneten Krug haben, holen Sie aus dem Schrank eine große Blumenvase. Füllen Sie diese mit dem alkoholischen Getränk Ihrer Wahl. Falls Sie so ein Gerät im Haus haben, sagen Sie: *„Alexa, spiel Blasmusik, Lautstärke 10!"* Schütten Sie sich tanzend eine weitere Vase ein. Falls sie vorher nichts gegessen haben, beginnt mit etwas Glück schon jetzt die erste Achterbahnfahrt!

Sie besitzen ein Campingzelt? Phantastisch! Bauen Sie es im Wohnzimmer auf, schalten Sie das Licht aus und schauen Sie sich auf Ihrem Smartphone ein aktuelles Video von Xavier Naidoo an. Und fertig ist die Geisterbahn! Nach zwei drei weiteren Alkvasen geht's runter in die Tiefgarage, wo sie sich eine Runde Autoskooter gönnen. Aber verraten Sie es noch nicht Ihren Nachbarn...

Auf dem Rückweg in die Wohnung ist dann noch Gelegenheit für einen spontanen Auswurf auf Ihrer „Wies`n". Denn schon startet die zweite Runde. Nur bitte Obacht (bayrisch Obazda):

„Die nächste Fahrt geht rrrrrückwärts!"!!

Ab nun sind Sie auch nicht mehr alleine, da Sie alles doppelt und dreifach sehen. Singen Sie gemeinsam ein beschwingtes:

„Ich hab zu Haus` ein Hofbräuhaus, eins*, (neue Vase voll machen*), zwei, g`suffa!!" Kruzifix, so zünftig haben Sie „dahoam" noch nie gefeiert!

Aber wer weiß? Vielleicht findet das Oktoberfest ja doch noch statt: nicht in Bayern, aber in NRW. Es gibt da so Gerüchte, Herr Laschet will es nach Köln holen und auf dem IKEA-Parkplatz aufbauen. Mach et Armin, das wird bestimmt eine „Mordsgaudi"!

Übrigens: Wenn Sie die Vase durch einen Putzeimer und die Blasmusik durch Jürgen Drews ersetzen, ersparen sie sich jetzt schon den diesjährigen Trip zum Ballermann!

Autokratie

Ich habe ein für unsere Breiten seltenes Problem: Ich leide unter einer speziellen Form der Autoimmunkrankheit. Das bedeutet, ich bin immun gegen die Sorge und Nöte der deutschen Automobilindustrie. Das war nicht immer so. In meinem gesamten mobilen Leben bin ich germanische Fabrikate gefahren. Und als ich mich letztes Jahr in ein fremdes Modell verguckt hatte, kam ich mir tatsächlich im ersten Moment unpatriotisch vor.

Ich weiß noch genau, wie ich mit meinem neuen Boliden das erste Mal zu einem Freund fuhr: *„Alter Schwede*, nörgelte er, *„was hast du dir denn da gekauft*!?" Aber was soll ich Ihnen sagen: Die Entscheidung habe ich bis heute nicht bereut. Mein Wagen *läuft und läuft und läuft*, ich habe *Freude am Fahren* und beim ökologischen Fußabdruck genieße ich sogar einen *Vorsprung durch Technik*.

Mir ist wohl bewusst, dass ich damit den Untergang des alemannischen Abendlandes eingeläutet habe. Denn schon mit der Muttermilch wird uns eingetrichtert: *„Jeder dritte Arbeitsplatz in Deutschland hängt von der Autoindustrie ab!"*

Abgesehen davon, dass mir diese Zahl immer etwas willkürlich erschien, (bei der Amtseinführung von Donald Trump waren ja auch angeblich zwei Millionen Menschen), habe ich eher den Verdacht, jeder dritte Arbeitsplatz in der Politik hängt von der Autobranche ab. Wenn ich damit überhaupt hinkomme.

Den Abgasskandal schenke ich uns jetzt. Aber nachdem die darbenden Fließbandarbeiter im Shutdown zuerst mindestens 60 % und später 80 % Kurzarbeitergeld aus Berlin erhielten (von VW selbstlos auf 90% aufgestockt), schlugen unsere Autokraten eine sogenannte „Kaufprämie" zur „Ankurbelung der Konjunktur" vor: Bei Plug in Hybriden und E-Autos in Höhe von 4000 € und bei „modernen" Benzinern und Diesel 3000 €!

Nachdem mir der Spinat-Smoothie aus dem Mund gefallen und alles aufgewischt war, dachte ich mir: Was bedeutet denn bitte schön „modern"? Mich erinnert das an traumatisierende Momente meiner Kindheit. Ich packte unterm Tannenbaum ein

Geschenk aus und fand einen, nennen wir ihn im weitesten Sinne „Pullover", der damals schon in jedem Altkleidercontainer zufällig vergessen worden wäre. Als ich meine Mutter fassungslos fragte, woher denn dieses textile Gollum stamme, erwiderte sie voller Inbrunst der Überzeugung: *„Wieso, der ist doch modern!?"*

Wahrscheinlich sollten wir den Automanagern für diesen Vorschlag noch dankbar sein und wir bekommen beim Händler neben der Prämie noch eine Fußmatte dazu oder ein Heimtrikot vom VFL Wolfsburg in diesem herbstlichen kotzgrün? Die Lobbyarbeit läuft auf jeden Fall wie geschmiert. Da sitzen dann bei Plasberg & Co die professionellen Trittbrettfahrer mit politischer Vorkarriere und guten „Connections". In Brüssel wollte sie keiner haben und so mussten halt neue Einnahmequellen erschlossen werden. Da ist es dann auch kein Zufall, dass die Präsidentin des Verbands der Deutschen Automobilindustrie früher einmal Staatsministerin im Bundeskanzleramt war. Unter Merkel übrigens, nicht unter Adenauer.

Und während mit ernster Miene über zusätzliche Abwrackprämien philosophiert wird, werden weiterhin fröhlich Dividenden und Boni ausgeschüttet! Denn trotz Abgasskandal und

Strukturwandel waren die Gewinne der Autokonzerne in den letzten Jahren immer noch mehr als passabel. Wo ist das Geld eigentlich hin? Und warum werden Gewinne immer noch eingeheimst, während die Verluste von der Gesellschaft aufgefangen werden? Die weltweite Pandemie könnte doch nun wirklich der Impuls sein, diese Praxis ein für alle Mal zu beenden.

Denkt mal darüber nach: in München, Stuttgart, Ingolstadt, Wolfsburg oder Zuffenhausen. Und solltet ihr euch besinnen, wird mein nächstes Auto vielleicht wieder ein heimisches Fabrikat. Und dafür brauche ich auch keine Kaufprämie.

Bis es soweit ist, stelle ich mich jeden Abend auf den Balkon und klatsche für euch.

Wer bietet mehr?

„Herzlich Willkommen meine sehr verehrten Damen und Herren zur wöchentlichen Lockerungsauktion. Mein Name ist Kevin Covid und ich darf auch heute Ihre Gebote entgegennehmen. Anwesend sind wie immer die Fürstinnen und Fürsten der sechzehn deutschen Bundesländer. Danke für ihr überpünktliches Erscheinen. Wie mittlerweile üblich, treffen wir uns zu dieser Online-Auktion zwei Tage vor dem offiziellen Austausch mit der Kanzlerin.

Besonders begrüßen möchte ich in unserer illustren Runde den Sieger der Auktion vom März: Grüß Gott Herr Söder!

Dann legen wir doch mal los. Im Raum steht immer noch der strenge Shutdown und ich freue mich über ihre Lockerungsgebote. Die Auktion startet jetzt!!

Da kommt direkt ein Gebot aus Stuttgart: Öffnung des Einzelhandels bis 400 qm. Danke Herr Kretschmann! Wer bietet mehr? Hör ich 500, 600, irgendjemand 700? Nein? Aber ja: 800 qm bietet Wiesbaden. Super, *die Hesse komme*. Danke Herr Bouffier, das wird kaum zu toppen sein!

Scheinbar doch: Hier meldet sich Mainz mit der Öffnung aller Shopping Malls, wie geil ist das denn! Geht diese Runde an Rheinland Pfalz? Nein, das tut sie nicht: Hier ein Gebot aus Düsseldorf: Die Möbelhäuser machen wieder auf. Das ist ein Wort, Herr Laschet!

Und hier höre ich ein Gebot aus Sachsen-Anhalt: Magdeburg sperrt gleich alle Geschäfte wieder auf. Halle Achtung! Und Sie heißen? Haselhoff, mmh, haben Sie nicht früher bei Baywatch mitgespielt?

Hier ein spannendes Gebot aus Berlin: Freies Demonstrationsrecht und Sturm auf den Reichstag! Wie war bitte ihr Name? Attila Hildmann, mmh, sind Sie dort regierender Bürgermeister? Ach so, militanter Veganer! Tut mir leid, Sie dürfen hier nicht mitmachen. Für Sie haben wir bei Instagram eine geschlossene Abteilung.

Wer hat noch was, wer wagt noch mehr? Und weiter geht`s: Öffnung von Hotels und Biergärten!

Ein Gebot aus Mecklenburg Vorpommern! Sekunde, lassen Sie mich kurz auf die Teilnehmerliste schauen: mmmh Bremen, Hamburg, Hessen, hier: Mecklenburg! Tatsächlich, dieses Bundesland existiert.

Und hier meldet sich Niedersachsen mit der Freigabe des kompletten Tourismus. Wow! Das war ja gerade noch *Juist in time* Herr Weil.

Ich sehe, der Norden macht auf: Schleswig Holstein bietet ab sofort für alle Touristen die doppelte Sommerzeit und damit den Sonnenuntergang eine Stunde später. Ein Bravo nach Kiel! Auf sowas muss man erstmal kommen.

Was höre ich hier: Öffnung der Fitnessstudios in Nordrhein Westfalen. Ich will Ihnen nicht zu nahe treten, Herr Laschet, aber damit können Sie heute keinen Blumentopf gewinnen.

Also liebe Runde, im Raum steht das letzte Gebot aus Kiel, ich fasse kurz zusammen: Alles auf und noch mehr Sonne. Geht da noch einer drüber? Ich denke mal nicht. Dann walte ich meines Amtes und sage:

Zum ersten, zum zweiten und …

München calling!! Ein Gebot vom Oktoberfestkiller, da bin ich aber mal gespannt. Öffnung des Tourismus und der Gaststätten plus eine Reduzierung des Mindestabstandes auf 1,45 Meter. Ein Wahnsinn! Kompliment Herr Söder, sie haben es mal wieder geschafft.

Zum ersten, zum zweiten und zum dri..!

Ich drehe durch. Hier kommt Bodo mit dem Bagger aus Thüringen. Wo waren Sie denn die ganze Zeit: Kloß im Hals? Ich notiere: Alles auf und keine Masken mehr! Und was ist mit der doppelten Sommerzeit? Ach, Sie drehen die Zeit gleich um 50 Jahre zurück! Mensch, machen Sie doch, was Sie wollen.

Zum ersten, zum zweiten und zum dritten!!

Der Zuschlag geht nach Erfurt. Dann danke ich Ihnen allen für die forsche Mitwirkung und wünsche noch einen angenehmen...

Wie bitte Herr Laschet: Sie wollen das Händewaschen wieder abschaffen? Zu spät! Damit beschäftigen wir uns bei der nächsten Auktion.

Der große Reibach

Haben Sie sich eigentlich schon mal die Frage gestellt, wie der Staat die ganze Kohle der Corona-Soforthilfen und Subventionen zurückbekommen will? Ich hätte da eine Vermutung: Durch den neuen Bußgeldkatalog im Straßenverkehr! Früher sind wir, wenn wir nicht aufgepasst hatten, am 1. April in besagten geschickt worden. Diesmal wurden wir am 28. April veräppelt. Seitdem gilt er nämlich, der „drakonische Almanach für den Vierradfahrer". Im ganzen Corona-Chaos ist dieses neue Gesetzeswerk natürlich unter dem Radar geflogen und in den Nachrichten kam die Meldung erst nach der Verlobung von Michael Wendler. Also um es vorsichtig zu formulieren: Es haben nicht alle mitbekommen.

Der neue Katalog sieht nämlich empfindliche Erhöhungen der Bußgelder vor. Jetzt, wo du ohnehin nicht viel reisen kannst, fällt das nicht ins

Gewicht. Aber wenn wir erstmal wieder von der mobilen Leine gelassen werden, dann geht er erst richtig los: Der große Reibach!

So ist zum Beispiel der Lappen weg, wenn du innerorts mit mehr als 20 km zu schnell unterwegs bist. Hältst du dort beim Überholen eines Radfahrers nicht einen Abstand von mindestens anderthalb Metern, wirst du auch zur Kasse gebeten. Das Nicht-Bilden einer Rettungsgasse schlägt mit Minimum 200 € zu Buche.

Stellen Sie sich also mal vor, Sie fahren in einer 30er Zone mit 51 Stundenkilometern zu nah an einem Fahrradfahrer vorbei und das, obwohl Sie eine Gasse hätten bilden müssten: Da kommt schon einiges zusammen. Und wenn Sie gerade mit Freunden im Auto auf dem Weg zu einem Picknick sind, greift zusätzlich noch das Corona-Schutzgesetz. Prima! Wenn Sie das zusammenrechnen, dann ist das schon die halbe Lufthansa-Rettung! Und da der Führerschein auch futsch ist, unterstützen Sie automatisch noch den ÖPNV und die Taxibranche.

Aber so ist halt der Staat: Manchmal hilft er uns aus der Patsche und manchmal lässt er uns „abblitzen". Jetzt bedaure ich es doch ein wenig, dass ich keine

Kontakte zum Robert Koch Institut habe. Ich könnte Professor Wieler ansonsten sagen lassen:

„Wir fordern eine Maskenpflicht für Auto-Kennzeichen!"

Aber was erwarten Sie auch anderes? Woher stammt denn der neue Otto-Motor-Katalog? Vom Verkehrsministerium unter der Leitung von Andreas Scheuer. Warum wirkt denn Herr Söder immer so souverän? Ganz einfach: weil der „Andi" neben ihm steht! Bei dem Mautdebakel hat er ja schon seine gesammelte Kompetenz unter Beweis gestellt. Aber das ist ihm nicht genug: „Ist der Ruf erst ruiniert, regiert sich`s später ungeniert."

Herr Scheuer hatte kürzlich die Idee, den Liefer-Verkehr dadurch zu verringern, dass die Pakete per U-Bahn zum Ziel gebracht werden. Ich habe keine Ahnung, unter was der Mann leidet, aber COVID-19 ist es offensichtlich nicht. U-Bahn?! Die Stadt, in der ich wohne, hat knapp vierzigtausend Einwohner. Wir haben noch nicht mal einen Zug! Seit dem 28. April fahren wir in unseren engen Sträßchen den Fahrrädern hinterher! Weil überholen geht nicht mehr.

Aber das ist leider noch nicht alles: Der Innovationssimulant hat jetzt eine App entwickelt, mit der man sofort und bequem Funklöcher melden kann.

PAUSE. NOCHMAL DEN LETZTEN SATZ LESEN. App? Funklöcher? Sofort melden?

Ganz ehrlich: Gegen die satirischen Einfälle dieses Niederbayern gebe ich mich geschlagen! Aber damit das auch klar ist: Herr Scheuer ist **nicht** doof. Er hat nur unglaublich viel Pech beim Nachdenken.

Moment! Ich höre soeben, der Herr Minister möchte einige „Härten" in dem Katalog gleich wieder zurücknehmen. Was ist los, Andi? Seit wann liest du deine eigenen Gesetze?

App dafür

Ich weiß noch genau, als die Nachrichtensprecherin Susanne Daubner die Geburtsstunde der ersten App vermeldete. Sie sprach das Wort nicht englisch und in einem Wort aus, sondern jeden einzelnen Buchstaben in Deutsch, so wie ARD oder ADAC. Derart unvorbereitet trafen uns damals die neuen Applications fürs Smartphone.

Heute ist der „App Store" größer als das Ego von Oliver Pocher und es dient den halbwegs digital Bewanderten als Zeitungsersatz, Navigationsgerät oder Kaufhaus. Ich kenne Menschen, die ihre Wetter App gewechselt haben, weil eine neue besseres vorhersagt. Frauen können damit ihren Zyklus ablesen und Hallodris garantieren sich dadurch ihre Kinderlosigkeit. Um es abzukürzen: mit Apps ist eigentlich alles möglich.

Nachdem der erste Schock über die Brutalität des Virus verdaut war, machten sich die Fachleute an die Bewältigung der Krise und brachten eine sogenannte „Tracking App" ins Spiel. In Südkorea seien damit gute Erfahrungen gemacht worden. Grundgedanke beim Tracking ist, dass die App ein Signal von sich gibt, sobald sich ein Infizierter in deiner Nähe aufhält. Immer vorausgesetzt, er ist getestet worden und auch „Mitglied im Verein".

Alles machbar, aber nicht zwingend in Good Old Germany, einem Land, das sich in den Digitalisierungsrankings irgendwo zwischen Ruanda und den Osterinseln bewegt. Im „Auslandsjournal" sah ich das Portrait von gestrandeten Germanen während der Grenzschließungen, darunter ein Ehepaar, welches in der Atacama-Wüste in Chile feststeckte. Und ob Sie es glauben oder nicht: Die hatten Netz und er saß fleißig am Laptop und tippte sich die Blogfinger wund. Soweit zum Klischee, Deutschland sei eine Digitalwüste. Der Vergleich stimmt nicht mehr.

Wie das dicke Kind, das beim Lauftraining in der Schule stets hinterherhechelt (ich weiß, wovon ich spreche), so verhielt es sich auch während der Pandemie: Ist es nicht fast beschämend, dass die aktuellen Infektionszahlen in Deutschland nie vom Robert Koch Institut kamen, sondern von der Johns Hopkins University in Baltimore? Verzeihung, aber who the fuck is Johns Hopkins? Hat der früher bei Astro-TV gearbeitet? Ich kann es Ihnen sagen: Die JHU nutzt eben alle digitalen Möglichkeiten und ist uns deshalb immer einen Schritt hinaus.

In Deutschland existieren tatsächlich noch vereinzelt Gesundheitsämter, die die aktuellen Zahlen nach Berlin per Fax schicken. Und nach Freitag 14:00 Uhr ist Schicht im (Papier-)Schacht. Ohjemine: Meine Tochter weiß gar nicht mehr, wie ein Faxgerät aussieht. Wenn ich der sage: *„Ich muss noch was faxen"*, denkt sie, ich übe die Pointen für mein neues Programm!

Und so war es dann auch kein Wunder, dass sich die Tracking-App-Idee schnell als die „Maske unter den Softwarelösungen" herausstellte. Jeder hielt es grundsätzlich für sinnvoll, alle wollten es umsetzen, aber keiner brachte es an den Start. Zuerst wollte das RKI es selber machen, aber dieses branchenübergreifende Engagement der Appidemiologen versandete still und heimlich. Keine Ahnung warum. Vielleicht hatte Lothar Wieler einen zwölfjährigen Nerd mit der Programmierung beauftragt, aber der wollte dann doch lieber Netflix schauen.

Dem Chaos Computer Club, der alles schon fertig entwickelt hatte, inclusive anonymer

Verschlüsselung, wollte man nicht trauen. (vielleicht wegen des Namens des Clubs?)

Ja und so schritt irgendwann unser hochverehrter „Ärmelhochkrempler vom Dienst" Jens Spahn ein und beauftragte SAP und die Telekom. Ein Tohuwabohu, welches viele Wochen Zeit kostete.

Und als ob das alles nicht schon schlimm genug wäre, gesellte sich zu dem Kompetenzgerangel natürlich noch die „Schwiegermutter unter den Bedenkenträgern": der gute alte Datenschützer. Unser Klabautermann des Informationszeitalters mit Beliebtheitswerten irgendwo zwischen Deutscher Umwelthilfe und dem Bundesverband der Staubsaugervertreter.

Brauchst du noch 'n Klotz am Bein, frag den Datenschutzverein

Nach Einführung der Datenschutzgrundverordnung kursierte die herrliche Geschichte, in der die Arzthelferin ins Wartezimmer kommt und fragt: *„Aufgrund der neuen DSGVO dürfen wir sie nicht mehr namentlich aufrufen. Wer ist der Mann mit der Syphilis?"*

Im Falle unserer Corona-App wurde von unseren Grabrittern der Moderne das Standardargument vorgebracht, dass *„die Bürgerinnen und Bürger nicht* *gläsern werden dürfen"*. Eine nachvollziehbare Sorge, über die jedoch eine ganze Generation nur milde lächeln kann. Die postet nämlich via Facebook, dass sie momentan auf dem Klo sitzt oder bei Instagram, wo aktuell der neue Hotspot ist.

Wir haben in der ersten Lockdown-Phase so viele Grundrechte aufgegeben und dann soll es beim Managen der verbliebenen Virusträger an Bedenkenträgern scheitern?

Ich sehe eher ein Problem darin, dass die Tracking-App nur wenig bringt, wenn nur eine kleine Minderheit mitmacht. Aber um zum Beispiel Festivals wieder an den Start zu bringen, bei einem Publikum voller Digital Natives, kann es durchaus funktionieren. Wenn du denen sagst, sie könnten wieder zu Martin Garrix, sofern sie sich die App runterladen, machen die das schneller als ein Veganer aus der Metzgerei rennt.

Wir können es aber auch viel bequemer haben, so völlig ohne App-Gedöns: einfach beim Pentagon anrufen, sich zur NSA durchstellen lassen und nach unseren gesammelten Daten fragen. Die sind nämlich längst schon da. Vielleicht macht die CIA mal eine Ausnahme und stellt sie uns zur Verfügung. Aber bitte per Fax!

Die Geister, die ich rief

Ich liebe Fußball! Wenn ich samstags einen Auftritt habe, fahre ich extra früher los, um keine Sekunde von der Übertragung im Radio zu verpassen. Dabei kann ich es gar nicht spielen. In der Schule durfte ich nur deshalb in die Mannschaft, weil wir exakt elf Jungs in der Klasse waren. Ich weiß noch: Einmal schoss ich ein Eigentor, da mir niemand gesagt hat, dass Halbzeit war und die Seiten gewechselt wurden. Und glauben Sie es mir: Einmal habe ich sogar ein richtiges Tor geschossen. Ich, das „dicke Brüske"! Zwar gegen eine Hobbit-Elf aus der Fünften, aber egal! Ich war damals so stolz, dass ich meinen Klassenkameraden wochenlang auf den (Verzeihung) Sack gegangen bin!

Ähnlich auf den Sack geht uns seit Wochen die Deutsche Fußball Liga mit ihrem Plan, die Saison per Geisterspiele zu Ende zu bringen. Uli Hoeness stellte extra dafür ein paar Röstbratwurstregale als Testlabor zur Verfügung. Und Aki Watzke, der Grund, warum viele Talente den BVB nach spätestens einem Jahr verlassen, saß in jeder Talkshow und blies die Vuvuzela des Verständnisses. Und tatsächlich: In seltener Eintracht stimmten sogar die Landestrainer Laschet und Söder dem verwegenen Plan zu. Die einzige Erklärung dafür könnte sein, dass beide (leicht-)gläubig sind und denken, dass Diego Maradona die „Hand Gottes" und Toni Turek immer noch der „Fußballgott" ist.

Bei der Debatte stellte sich auch heraus, dass einige Vereine die TV-Gelder vom Mai schon längst verpfändet hatten und die Gefahr bestünde, dass geschichtsträchtige Vereine wie Schalke 04 bald Geschichte sind. Und das wäre nun wirklich zu schade, denn deren Hauptmäzen Clemens Tönnies genießt soeben noch den vollen Spagat zwischen überbezahlten Profis und unterbezahlten Schlachthofmitarbeitern.

Also gab es die kuriosesten Vorschläge für die Fortsetzung des Spielbetriebs: Man könnte die Saison nur mit Elfmeterschießen zu Ende bringen (nicht, dass es mein FC dann noch in die Champions League geschafft hätte). Oder der Ball könnte doch einen Durchmesser von zwei Metern haben, damit die Abstandsregeln eingehalten werden und Alexander Nübel endlich mal wieder was hält. Aber so weit kam es gar nicht.

Jetzt bauen die ersten Optimisten schon Leinwände vor dem Ikea, damit wenigstens schon mal 2000 Schlange stehende Köttbullar-Fans zusehen können. Dynamo Dresden kasernierte vorsorglich seine Positivfälle und Hertha BSC suspendierte Herrn Kalou (der mit dem klugen Facebook-Clou).

Vielleicht wird es Sie überraschen, aber ich male bei diesem gespenstischen Thema nicht so schwarz wie der „Fleisch gewordene Mayakalender" Karl Lauterbach („Ich empfehle uns allen, bis 2022 nicht zu atmen"). Aber ich habe auch Angst. Angst wegen der Vorbildfunktion des Fußballs.

Letzte Woche spazierte ich am Rhein entlang und auf einem Bolzplatz kickten vergnügt vier junge Leute. Auf die Frage, ob sie denn Corona für einen Spieler von Real Madrid hielten, antworteten sie nur trocken: *„Die Profis dürfens doch auch!"* Genau das bereitet mir mehr Kopfschmerzen als die sechs Abstiege des 1. FC Köln zusammen. Nicht, dass aus dem Fußball ein Schneeball wird und statt La Ola kriegen wir die zweite Welle.

Es heißt häufig, dass unsere Fußballprofis moderne Gladiatoren sind. Also gut: Steckt alle Spieler und Betreuer während der gesamten Restsaison und zwei Wochen danach in Quarantäne! Bestraft die Vereine, vor dessen Stadien es zu Fan-Ansammlungen kommt, mit Punktabzug! Und jeder Polizeibeamte, der trotzdem anrücken muss, kostet eine 1000 €- Spende an den Weißen Ring.

Und so mögen die Spiele beginnen…

Ich bete zu Kaiser Franz, dass jetzt nur der Ball ins Rollen kommt und nicht eine Lawine an Neuinfektionen. Und mit einer Mischung aus Ungläubigkeit und Bewunderung vor so viel Chuzpe werde ich wohl Samstagnachmittag wieder vorm Radio hängen. Wenn es doch nur auf dem Weg zu einem Auftritt wäre.

Diagnose Gier

Bis Anfang 2020 hatte ich mich auf Nachfrage stets als Kulturschaffender bezeichnet. Spätestens mit dem Auftrittsverbot wurde ich jedoch eines Besseren belehrt: Fiskalisch gesehen bin ich ein „Solo-Selbstständiger".

Gestaffelt nach der Zahl der Angestellten wurde auch mir eine einmalige Kelle aus dem Fördertopf serviert, welche mein Konto auch schnell und unbürokratisch erreichte. Das Land NRW musste die Zahlung dieser Soforthilfen zeitweise jedoch aussetzen, da betrügerische Gesäßviolinen Datensätze abgefischt hatten, um sich das Geld unberechtigterweise unter den schmutzigen Nagel zu reißen.

Schon bei den Hilfspaketen nach der Finanzkrise 2008 lag der Prozentsatz dieser Alimente-Abgreifer bei stattlichen fünf bis zehn Prozent aller Anträge.

Erschreckend, aber wie sagte schon der englische Philosoph Thomas Hobbes so treffend: „Der Mensch ist des Menschen Wolf." Das ist deshalb auch betrüblich, da es in aller Regel die Rechtschaffenen sind, die am Ende die Suppe auslöffeln müssen.

Was aber im ganzen Wust der Subventionen schon mal untergeht, ist die Grauzone der Bittsteller, die ganz legal auch in Krisenzeiten etwas für sich absaugen wollen. Nehmen wir hier stellvertretend die professionellen Absauger, sprich die Zahnärzte. Grundsätzlich kann ich den Frust der Dentalklempner nachvollziehen. Es muss sich einfach (Verzeihung) scheiße anfühlen, plötzlich so im Abseits zu stehen. Alle schauen voller Bewunderung auf die Virologen, haben einen Bravo-Starschnitt von Christian Drosten überm Bett hängen und fragen sich, in welchen Geschmacks-sorten es wohl diesen „Charri-Tee" gibt.

Zu Doktor Best und seinem Plaque-Platoon mag aber kaum noch einer gehen. Deshalb hat ja auch der kariesmatische Cheflobbyist dieser Zunft, nennen wir ihn aus Datenschutzgründen Captain Raffzahn, solange beim Gesundheitsministerium gebohrt, bis ihm Jens Zahn, äh Spahn eine kräftige

Finanzspritze zuteilwerden ließ. Dieses spendable Corona-Implantat sieht so aus:

„Zahnärzte erhalten demnach wegen kräftig gesunkener Patientenzahlen zunächst neunzig Prozent der Vergütung aus dem vergangenen Jahr. Am Ende des Jahres können sie dreißig Prozent der zu viel bezahlten Summe behalten."

Au Backe! Da kommt einem ja glatt die Füllung wieder hoch. Als ich das hörte, brauchte ich erst einmal eine örtliche Betäubung im Wutzentrum meines vegetativen Nervensystems. Neunzig Prozent plus Nachschlag? Erzähl das mal lieber nicht einer Pflegekraft im Altersheim. Die wird euch was husten!

Ausgerechnet Zahnärzte, die laut Eigenaussage der kassenärztlichen Vereinigung im Durchschnitt mit 161 Mille im Jahr irgendwie über die Runden kommen müssen, kehren also nun zu ihren Wurzeln zurück: dem Jammern auf hohem Niveau!

Klar: In Zeiten der sperrangelweit offenen Subventionskanäle will natürlich jeder einen kräftigen Schluck aus der Ampulle nehmen. Deshalb will ich mal eine Brücke bauen: Natürlich gibt es bei euch auch Kollegen, die nicht vom Sahnekuchen

(Achtung: Parodontosegefahr!) der Privatpatienten kosten dürfen. Aber allein aus Solidarität solltet ihr euch diesen Zahn wieder ziehen.

Hier mein Therapieplan: Lasst euch röntgen! Vielleicht lässt sich dieses pathologisch wimmernde *„Aber ich habe mir doch erst im Januar den Tesla gekauft"* noch behandeln. Ich putze mir derweil erstmal gründlich die Lachleiste, damit ich auch morgen noch kraftvoll zubeißen kann. Einen Zahnarzttermin werde ich ja so schnell nicht mehr bekommen.

Hochachtungsvoll,

Ihr „Doktor Blendamed" Brüske,

Solo-Selbstständiger

Nächste Ausfahrt Minsk

Die ganze Welt ist im Würgegriff des bösen C-Wortes. Die ganze Welt? Nicht ganz! In Belarus (Weißrussland) scheint „Coronskaja" noch nicht angekommen zu sein. Der dortige Staatspräsident Asterix äh Alexander Lukashenko sagte mehrfach in Interviews: *„Hier gibt es kein Virus. Oder sehen Sie eines*?" Und tatsächlich sind dort keine Infizierten gemeldet. Gut, es wird auch nicht getestet, aber das ist ein lästiges Detail.

Buchen Sie also jetzt Ihren Urlaub nach Minsk. Flanieren Sie auf der Lukashenko-Allee zum Lukashenko-Platz und bewundern Sie das große Lukashenko-Denkmal. Am nächsten Tag geht es dann mit dem staatseigenen Bus in den Süden des Landes. Im Sperrgebiet unweit des ukrainischen Freizeitparks Tschernobyl genießen Sie die Ruhe bei „strahlendem" Sonnenschein.

Als wäre der Seuchenfrühling nur ein Werkzeug für den nächsten Wahlkampf, tummeln sich auf der politischen Weltbühne immer mehr Populisten. Dieser Begriff leitet sich übrigens ab vom deutschen Wort „Popo" und meint eitle Entscheider, denen die Realität in aller Regel am Allerwertesten vorbei geht. Boris Johnson, der Struwwelpeter aus der Downing Street, hat dafür bitteres Lehrgeld bezahlt. Und für Donald Trump kann ich nur hoffen, dass er sein chronisches „Twitter-Tourette" endlich in den Griff bekommt und sich auf seine Kernkompetenz, das Golfen, konzentriert. Das „beherrscht" er nämlich wirklich gut.

Bei unseren Volkstribunen ist es die ewig gleiche Marketingmasche: Für deinen Wahlslogan nimmst du dir den Namen deines jeweiliges Landes und setzt ein „first" hinterher. Dabei geht es dir gar nicht um das Wohl der Menschen, sondern deinen eigenen Machterhalt. Das ist in pandemischen Zeiten besonders tragisch, da gerade jetzt die Kräfte der Erde gebündelt werden müssten: bei der Versorgung mit Schutzausrüstung, dem Entwickeln eines Wirkstoffes und dessen schneller Verteilung in alle Staaten. Aber dieser empathische Weg kommt leider immer mehr aus der Mode.

Denn wie schnell das globale Dorf an seine Grenzen stößt, konntest du exemplarisch am Verteilungskampf um die bitter benötigte Schutzkleidung studieren. Ende März las ich zum Beispiel, dass acht Millionen Masken, die für den deutschen Markt bestimmt waren, plötzlich verschwunden waren. Nicht in China, wie man meinen würde, sondern in Kenia. Lag das vielleicht an den dortigen „Schwarzmarktpreisen"?

Andererseits baute eine namhafte Firma aus meiner Region ihre Versuchsanlagen um und produziert nun in großem Stil Vliesstoffe für hochwertige Schutzmasken, findet aber in Europa zuerst keine Abnehmer, sondern nur in Vietnam. Du könntest bekloppt werden!

Der Markt kennt keine Grenzen. Entscheidend ist nur, dass es rentabel bleibt. Das ist aber kein pandemisches Phänomen, sondern gang und gäbe. Jahrelang haben deutsche Nordseefischer ihre Krabben per LKW zum Pulen nach Marokko geschickt, hin und zurück, weil es dort billiger ist. Im Ernst: Es gibt Meeresfrüchte, die sind in ihrem Leben mehr rumgekommen als Heidi Klum!

Sollen wir verzweifeln? Auf keinen Fall! Unsere Welt taumelt und kämpft gegen ein und denselben unsichtbaren Feind. Das ist eine riesige Herausforderung, aber auch eine große Chance. Dem griechischen Mathematiker Archimedes wird der Satz zugeschrieben: *„Gebt mir einen festen Punkt, und ich hebe die Welt aus den Angeln."* Nur mit vereinten Kräften bekommen wir sie wieder eingerenkt.

So, ich muss nach Minsk. Es wird Sie vielleicht überraschen, aber das ist eine wunderschöne Stadt voller sympathischer Menschen. Diktaturen sind auch nicht mehr das, was sie mal waren….

Ursel und die alten Griechen

Von den Bildern, die mir ganz zu Beginn der Pandemie lebhaft in Erinnerung geblieben sind, zählt ein Video, in dem Ursula von der Leyen beim vorbildlichen Händewaschen zu sehen ist. Zuerst dachte ich mir: "Die Flinten-Uschi mal wieder: erst Familien-, dann Arbeits-, danach Verteidigungsministerin, jetzt EU-Kommissionspräsidentin. Und Hände waschen kann die auch noch!"

Dann aber wurde mir klar, dass du den Menschen in Europa scheinbar noch vieles erklären musst! Dass man auch zwischen den Fingern reibt und am besten zweimal „Happy Birthday" singt, damit auch die Länge des Waschvorgangs stimmt (das Ergebnis hoffentlich auch).

Oh weia! Waren wir vorher alle Schmierfinken? Fällt uns jetzt in der größten Seuche seit der WM-Vorrunde in Russland auf, dass Hygiene durchaus eine Rolle bei der Bekämpfung eines Virus spielen könnte? Es grenzt fast an ein Wunder, dass uns Corona nicht schon früher dahingerafft hat!

„Alles halb so schlimm", höre ich dann, „in der ganzen Stadt haben wir doch nur noch zwei Positivfälle!" Das ist aktuell korrekt. Aber wenn ich euch eine Tüte mit „vielen vielen bunten" Smarties anbieten würde, von denen zwei vergiftet sind, würdet ihr dann zugreifen?

Wenn wir die Bewegungsfreiheit von SARS CoV 2 nicht begrenzen, wird das mit unserer bisher gekannten Freiheit auf Dauer auch nichts mehr. Aber vielleicht ist ja die Corona-Auszeit die perfekte Gelegenheit für einen Reinigungsprozess im wahrsten Sinne des Wortes. Der Grieche kennt dafür das schöne Wort „Katharsis".

Für diesen Prozess müssen wir aber auch etwas tun! Mir wird regelmäßig übel, wenn ich im Urlaub den Ausdruck „Zimmermädchen" höre. Das sind meist schlecht bezahlte Frauen, die nicht nach Stunden, sondern nach entsprechend gestresst gereinigter Zimmerzahl entlohnt werden. Wenn wir wieder guten Gewissens in ein Hotel gehen wollen, muss mit dieser Form der Vergütung Schluss sein. Und auch mit dem nostalgisch-abwertenden Begriff „Zimmermädchen". Wer hat sich das überhaupt ausgedacht: der Erfinder des „Fräuleinwunders"?

Ab sofort sind das „Hygiene-Fachkräfte", „Keimkiller" oder V.I.P`s, sprich das „Vertrieb-Influenza-Personal". Und bezahlt wird selbstverständlich nach Stunden und Tarifvertrag!

Und ihr Gastronomen: Sagrotan nochmal, wenn ein Tisch bei euch frei wird, setzt sich da nicht gleich jemand neues hin! Räumt doch erst einmal in aller Ruhe ab und macht sauber. Das kostet euch einen Aperitif mehr an der Empfangstheke, bringt dafür aber mit Sicherheit neue Gäste in den Laden. Und nicht vergessen: Die Gläser werden mit Muße gespült und nicht mit Fettflossen.

Bevor ich hier aber in ein Gastro-Bashing verfalle, können wir uns alle einmal an die eigene Nase fassen (schlechte Metapher). Die inzwischen häufig anzutreffende Begrüßung per Ellbogencheck ist natürlich ein gefundenes Fressen für alle rum-lungernden Viren. Na super: Erst husten wir in die Armbeuge und dann überreichen wir es unserem Kumpel als kleines Mitbringsel für zwischendurch.

Und bei der Gelegenheit können wir auch gleich damit aufhören, uns dauernd mit den Händen im Gesicht rumzufummeln! Der Typberater, der irgendwann festgelegt hat, dass wir intelligent wirken, sobald wir uns nachdenklich mit den Griffeln an Kinn oder Mund packen, ist ab dem heutigen Tag ein Idiot! Und der nächste, der an der Hotelbar mit seinen bloßen Fingern in die Erdnussschale greift, darf zur Strafe zwölf Wochen nach Ischgl!

Ach übrigens: Wissen Sie, woher das Wort Hygiene stammt? Aus dem Griechischen und es bedeutet „der Gesundheit dienend". Lust auf einen kleinen Ausflug in das Reich der Mythologie?

Es geht zurück auf Hygiela, der griechischen Göttin der Gesundheit. Diese war eine Tochter des Asklepios (gut, der hat mir zu viele Privatkliniken). Ihre Schwester hieß Panakeira und war die Göttin der Medizin und Zauberei. Eine echt akademische Familie, wahrscheinlich stammt Frau von der Leyen davon ab.

Ausflug Ende, denn soweit müssen wir gar nicht gehen. Hygiene ist nämlich keine Zauberei, sondern bedeutet ein paar Handgriffe mehr am Tag. Ich finde, es lohnt sich, das wertzuschätzen. Und am Ende erleben wir alle vielleicht noch unsere ganz persönliche Katharsis.

Und dann gibt es auch wieder Smarties.

Die Welt ist eine Scheibe

Die ganze Welt zerbricht sich weiterhin den Kopf, wer hinter der ganzen „Corona-Sache" stecken könnte. Dazu kursieren die bizarrsten Verschwörungstheorien, bei deren Lektüre dich der Verdacht beschleicht, es wäre noch ein anderes viel gefährlicheres Virus im Umlauf. Vorgetragen werden die Covidiotien von den handelsüblichen Minderheiten, die jedoch durch ihre steilen Behauptungen maximale Aufmerksamkeit ergattern. Frei nach dem Motto:

„Ist die These noch so schrill, landest du bei Anne Will!"

Dass einige mit ihren Meinungsäußerungen den Tatbestand der Volksverhetzung schon weit überschreiten, aber dennoch wettern, sie *„dürften ja nicht mehr ihre Meinung sagen"*, ist ein populäres Paradoxon der Pöbler. Dieses Phänomen ist nicht neu, sondern findet in den USA einen derartigen Zulauf, dass es sogar einen machttrunkenen Präsidenten über Wasser halten kann.

Wir sollten uns darüber klar werden, dass wir wieder im Zeitalter der Überzeugungssysteme angekommen sind. Das sind Weltanschauungen, an die man lieber glaubt, als das man sie versteht oder beweisen kann. So wie früher die Kirche oder heute die Riesterrente. Oder Sätze wie *„Mein Kind ist hochbegabt"*.

Heute existieren tatsächlich wieder Menschen, die glauben, dass die Erde eine Scheibe ist. Und das sind nicht wenige, sondern eine ganze Bewegung: Die „Flat-Earth-Society"!

Wie argumentieren diese Leute? Ganz einfach: Die halten ein Lineal an den Horizont und sagen: *„Also ich sehe da keine Krümmung!"*. Die machen das übrigens mit einem 30-Zentimeter-Lineal, beziehungsweise dem, was sie für 30 Zentimeter halten.

OMG, wie soll ich es euch erklären? Wenn das Lineal 30 Kilometer lang wäre, könntet ihr die Krümmung vielleicht sogar sehen. Dann bräuchtet ihr aber auch 30 Kilometer Abstand zwischen euren Augen. Und so viel hätten selbst die Eltern von Herrn Trump während der Schwangerschaft nicht saufen können!

Manche glauben auch ernsthaft an die Existenz von Reptioiden: Das sind außerirische Echsenmenschen, die angeblich unsere Regierungen übernommen haben. Wenn du ruhig nachfragst. *„Oh, das wusste ich ja gar nicht"*. Dann heißt es:

„Kannst du auch nicht, denn diese Wahrheit wird unterdrückt. Und damit sie nicht ans Licht kommt, wird ein gigantischer Aufwand betrieben. Und wie gigantisch der sein muss, siehst du daran, wie wenig die Menschen darüber wissen.

Reptioiden, was ist das überhaupt für ein Wort? Hattet ihr beim Scrabble spielen zu viele Vokale übrig? Dazu fällt mir wirklich nur noch ein Satz meines Frisörs ein: *„Nicht alles, was Schuppen hat, kommt aus dem Weltall."*

Sehr viele Anhänger hat auch die Theorie der Chemtrails. Bedeutet, dass die Kondensstreifen der Flugzeuge eigentlich Chemikalien sind, die eine geheime Weltregierung zur Gedanken- und Geburtskontrolle versprüht. Ach ja? Da will ich erst gar nicht wissen, was in der Kondensmilch drin ist.

Es gibt die irrwitzigsten Weltanschauungen. In meinem Umfeld- das werden Sie mir jetzt nicht glauben- kenne ich viele Menschen, die felsenfest davon ausgehen, dass der 1. FC Köln nochmal Meister wird!

Aber die sind ja noch harmlos gegen die inzwischen entfesselten Impfgegner. Die ganze Welt wartet sehnsüchtig auf einen Impfstoff gegen SARS CoV 2, da wettern diese Injektions-Anarchisten schon hysterisch gegen eine angebliche Zwangsimpfung (lieber Herr Spahn, da sind Ihnen aber auch wieder die Münsterländer Pferde durchgegangen) und verteufeln „Kill-Bill" Gates, der angeblich die Weltbevölkerung dezimieren will und den Rest dann per subkutanem Chip steuert. Was ist los mit euch? Zu viel „Matrix" gesehen oder lag es doch an einer Überdosis Tofu?

Wir kennen die Logik der Impfgegner: *„Masern haben noch keinem geschadet und vom Impfen wird man Autist!"*. Und wenn du nachbohrst: *„Warum* *habe ich das noch nie gehört?*", kommt die Antwort: *„Weil die Autisten das für sich behalten!"*

Die Impfis wägen eben Risiken ab. Die sagen: *„Verkehrs-Ampeln sind gefährlich, es sind schon Leute bei Grün überfahren worden!"* Und dann gehen sie lieber bei Rot über die Straße, lösen eine Massenkarambolage aus, bleiben als Einziger unverletzt und sagen: *„Guck, und jetzt wird's auch noch grün!"*

Einen aus der Abteilung Überzeugungssysteme habe ich aber noch: Kennen Sie Ballistol? Das ist ein Waffenöl. Und es gibt Menschen, die saufen das, als Medizin gegen Haarausfall oder Schuppenflechte. *„Weil das schon der Führer getan hat, auf Anordnung seines Leibarztes"*. Und damit schließt sich für mich der Kreis. Jetzt habe ich endlich verstanden, was du zu tun hast, um auf all das zu kommen: Du musst dein Gewehr auslutschen!

Argumentieren hilft im fortgeschrittenen Stadium des „Morbus Conspiratio" meistens nicht mehr. Denn wenn so ein Gewehrlutscher davon überzeugt ist, dass die Erde eine Scheibe ist und im Innersten aus Kondensmilch besteht, in der Adolf mit einem Reptioid gegen das Impfen demonstriert, dann glaubt der das. Und eines ist sowieso klar: Der 1. FC Köln wird Meister!

Als kleine „Abrundung" ein hübsches Beispiel, wenn Wahnsinn auf Wirklichkeit trifft. Gehen Sie mal aus Spaß auf die Homepage der Flat Earth-Bewegung. Da finden Sie hoffentlich noch folgenden Begrüßungssatz:

„The flat earth society has members all around the globe! "

Die Spiele sind eröffnet

Nach vielen Hiobsbotschaften erreichte uns soeben eine Meldung, die Hoffnung macht: Es wird dieses Jahr doch noch ein internationales Sportevent stattfinden! Ab dem 1. September starten im Emirat Katar die „Ersten Pandemischen Spiele". Darüber sprach unser Reporter Reiner Becks mit Thomas Rinsal, dem Chef des Internationalen pandemischen Komitees, kurz IPC:

„Herr Rinsal, wenn es erlaubt wäre, würde ich Ihnen am liebsten die Füße küssen. Ist es wirklich wahr? Erleben wir in diesem Seuchenjahr doch noch großen Sport?"

„Das ist korrekt, Herr Becks. Ab dem 1. September starten in Katar die ersten pandemischen Spiele!"

„Warum ausgerechnet in Katar?"

„Aus zwei Gründen: Zum einen bietet es perfekte Bedingungen, die Sonne scheint und das Wort Katar erinnert stark an die Symptome von COVID-19."

„Äh Verzeihung, das waren drei Gründe!"

„Bin ich Mathematiker oder Funktionär?"

„Sie haben ja Recht! Aber viel wichtiger ist ja auch: wie haben Sie es geschafft, dass wir uns nun doch noch auf ein Sportevent freuen dürfen?"

„Schauen Sie Herr Becks: Ich bin nicht nur Chef des IPC, sondern auch Obmann des „Innovation Lab totalitärer internationaler Staaten", kurz ILTIS. Und da hat es uns natürlich gewaltig gestunken, dass es für die Sportfans auf der ganzen Welt dieses Jahr kein Angebot mehr geben soll."

„Aber die Welt hat sich doch durch Corona verändert und überall gelten zum Teil noch restriktive Einschränkungen?"

„Deshalb verändert sich ja auch das sportliche Angebot."

„Inwiefern und was bedeutet das für die Athleten?"

„Nehmen Sie nur mal das Staffelrennen in der Leichtathletik: Durch die neuen Abstandsregeln muss der Stab jetzt zwei Meter lang sein. Das bedeutet für die Läufer natürlich mehr Kraft-anstrengung und höhere Sturzgefahr. Aber das lässt sich ja trainieren. Oder nehmen Sie die Boote beim Rudern: Allein der Achter ist jetzt mit Bug und Heck über 20 Meter lang. Da sind wir gerade mit den Ingenieuren im Gespräch."

„Und was ist mit typischen Mannschaftssportarten wie zum Beispiel Basketball?"

„Kein Problem aus unserer Sicht, wenn der Ball entsprechend groß ist."

„Das wird aber dann ein breiter Korb!"

„Der ist auch nicht größer als der Wäschekorb meiner Frau" (Beide lachen herzlich)

„Und was ist mit Boxen?"

„Hier arbeiten wir mit entsprechenden Teleskoparmprothesen, die schon bei den Paralympics zum Einsatz kamen."

„Und Synchronschwimmen?"

„Das gibt es nur noch im Einzel."

„Herr Rinsal, fast überall auf der Welt galten strenge Ausgangssperren. In Spanien durften sich die Menschen zeitweise nur noch 100 Meter von Ihrer Wohnung entfernen, um mit ihrem Hund Gassi *zu gehen. Viele ließen sich dabei natürlich Zeit, um die Freiheit an der frischen Luft zu genießen"*

„Deshalb wird ja auch beim 100 Meter Lauf der pandemischen Spiele der Langsamste ausgezeichnet. Wir nennen das den „Spanischen Sprint". Und der Hund darf selbstverständlich mit!

„Interessant! Herr Rinsal, Sie sind ein Globetrotter und auf der ganzen Welt zu Hause. Haben sie mitbekommen, dass in Hongkong vor ein paar Tagen eine nicht genehmigte Demo von der Polizei ziemlich rabiat aufgelöst wurde?"

„Diese großartigen Bilder sind mir selbstverständlich nicht entgangen, Herr Becks! Deshalb haben wir ja die Disziplin „Wasserwerfen" mit in den pandemischen Katalog aufgenommen. Das hat besonders unsere Gastgeber in Katar sehr gefreut, die darin sehr geübt sind."

„Stimmt es in dem Zusammenhang, dass der russische Verband vorgeschlagen hat, bei den Schiesswettbewerben nicht auf Tontauben, sondern auf Demonstranten zu zielen?"

„Wir kennen den Vorschlag aus Moskau und prüfen ihn gerade. Ich denke aber, wenn Schutzmasken getragen werden, sollte das gehen.

„Klar, Masken sind Pflicht. Aber ich gehe doch recht in der Annahme, dass es sich um Geisterspiele handelt und keine Zuschauer bei den Wettkämpfen zugelassen werden?"

„Korrekt, aber das haben wir ja bei der Leichtathletik-WM in Katar im letzten Jahr schon durchexerziert. Da war ja auch kein Schwein im Stadion und keinen hat es gestört."

„Katar und Schwein, das passt ja auch nicht. (beide lachen herzhaft) Wird denn der Fan überhaupt auf eine Disziplin verzichten müssen?"

„Im Grunde nicht. Nur hinter den Kulissen wird einiges nicht mehr möglich sein."

„An was denken Sie?"

„Na ja, an unsere Kerndisziplin, die Korruption! Bisher wurden da ja, wie soll ich sagen, die Argumente hinter vorgehaltener Hand vorgebracht. Das geht jetzt leider nicht mehr. Oder wollen Sie, dass wir demnächst mit Geld um uns schmeißen!?"

„Natürlich nicht. Aber vielleicht fällt Ihnen da auch noch etwas ein. Vielen Dank für das Gespräch!"

„Gern geschehen"

Whataboutism

Anglizismen sind zuweilen furchtbar! Sobald jemand zu mir sagt: *„Du musst auf deine Work-Life-Balance achten"*, würde ich am liebsten sein mitgebrachtes „Giveaway" in die Tonne kloppen und freiwillig Überstunden machen. Im Rheinland sagt man: *„Ein Kölsch*?" und meint dasselbe. Oder wenn meine Tochter wieder zu lange auf ihr Smartphone starrt, hilft es eher, wenn ich ihr vorschlage: *„Hey Angel, wie wäre es mit ein wenig Digital Detox*?" Wahrscheinlich wird man irgendwann selbst unsere Obdachlosen *„Location Freelancer"* nennen.

In der Corona-Debatte wuchs jedoch ein Phänomen zur epidemischen Reife, für das ich nie einen Ausdruck parat hatte. Aber er existiert: „Whataboutism".

Whataboutism ist das rhetorische Ablenkungsmanöver in Form eines Gegenangriffs. Letztendlich geht es darum, im Gespräch ungeliebte Fakten zu umschiffen, in dem man auf andere wirkliche oder vermeintliche Missstände hinweist. Und wie bei jeder Form der Umschiffung kostet so etwas Zeit und jede Menge Nerven!

Gleich zu Beginn des Shutdown (der nächste Anglizismus) wurde die These aufgestellt, das neue Coronavirus sei ja nur eine normale Grippe und wenn der blöde Herr Drosten es nicht publik gemacht hätte, wäre es überhaupt nicht aufgefallen. Diese Stimmen aus der „blind ignorance corner" verstummten rasch, nachdem die Bilder aus Bergamo, Madrid oder New York um die Welt gegangen waren. Zu Leichenhallen umfunktionierte Kühlhäuser senken selbst im gröbsten Hitzkopf die Betriebstemperatur.

Mit jeder Woche Stillstand mehr wurden jedoch die Zeigefinger (bei manchen eher der Stinkefinger) immer länger, die zum Gegenangriff blasen wollten. *„Lasst uns wieder zur Normalität zurückkehren! Open the doors! Wir lassen doch auch zu, dass die Leute rauchen, obwohl jeder vierte daran krepiert!"* Und auch der Hinweis auf die Verkehrstoten wurde gerne herangezogen: *„Wegen denen sperren wir ja auch nicht die Autobahnen!"*

Liebe Whatabouter: Dieser Vergleich hat eine verblüffende Ähnlichkeit mit Kapitän Ahab von der Moby Dick: Er hinkt! Bevor ihr also gleich wieder in den sozialen Medien auf Walfang geht, hört euch das hier an. Und eines gleich vorweg: Es gibt keine einfachen Antworten! (und ab jetzt auch keine Anglizismen mehr)

Ich denke, das Virus will uns in jeder Phase seiner Ausbreitung das Abwägen lehren. Am Anfang war die Frage noch recht einfach:

Auf was sind wir bereit zu verzichten, um ein völliges Chaos auf den Intensivstationen zu vermeiden? Die Antwort haben wir nach Sichtung der schlimmen Bilder mit breiter Zustimmung durch Kontaktsperren und dem fast kompletten Zurückfahren des gesellschaftlichen Lebens gegeben.

Heute (Ende Mai 2020) bei R-Werten um 1 ist die Frage viel komplexer: Welche Freiheiten schränken wir noch eine Zeitlang ein, um wieder Stück für Stück zu unserer gewohnten Freiheit zurückzukehren? Zum Nulltarif gibt es vorerst nichts. Und jede Abwägung, sei sie auch noch so unwillkommen, führt zum Kompromiss und der entscheidenden Frage:

„Was ist sozial adäquat?"

Jedes Jahr sterben in Deutschland circa 3000 Menschen im Straßenverkehr. Früher war es sogar ein Vielfaches mehr. Trotzdem verbieten wir nicht das Autofahren, sondern machen Straßen und Fahrzeuge so sicher wie möglich und überlassen es dann der Eigenverantwortung jedes einzelnen. Wir tun das, da diese traurige Zahl von Verletzten und Toten von unserem Gesundheitssystem aufgefangen werden kann.

Stichwort Triage

In der deutschen Nachkriegsgeschichte hat es noch nie den Fall gegeben, dass sich ein Intensivmediziner die Frage stellen musste: *„Nehme ich jetzt den Porschefahrer oder den Kettenraucher"*? Der verunglückte Verkehrsteilnehmer, so hart es klingen mag, ist eine von der Gesellschaft geduldete Opfergabe für den Fortschritt. Denn Mobilität birgt Gefahren, schenkt uns aber neben Freiheit und Wohlstand nachweislich auch eine höhere Lebenserwartung.

„Quid pro quo!" So hieß es schon bei Hannibal Lecter im Film „Das Schweigen der Lämmer".

SARS-CoV-2 ist viel schlimmer als dieser fiktive Kannibale. Und solange wir keinen Wirkstoff gegen das Virus gefunden haben, bleibt es gefährlich und fordert von uns viele Opfer.

Schenken aber tut es uns nichts.

Systemrelevant

Nachdem das Schlimmste scheinbar überstanden war und sich die politischen Entscheidungsträger zu ihren regelmäßigen Lockerungsrunden trafen, entstand ein neues nationales Gesellschaftsspiel, nennen wir es „föderatives Roulette". Jeder hockte vor seinem jeweiligen Infospender und lauschte gespannt, ob er sich jetzt endlich wieder an die Arbeit machen durfte. Und jedes Mal war die Enttäuschung riesig, wenn du als Kneipier, Festivalbetreiber oder Bordellbesitzer noch nicht unter den Glücklichen warst. So wurde eine Reaktion schnell zum geflügelten Wort:

„Im nächsten Leben werde ich systemrelevant!"

So sehr ich als Kulturschaffender die Tristesse nachempfinden kann, immer noch nicht ran zu dürfen, reflektiere ich diesen Satz und denke mir:

„Echt jetzt!?"

Ihr wollt lieber systemrelevant sein? Welchen Job habt ihr euch denn vorgestellt:

Den der Kassiererin im Supermarkt, die den Kunden immer wieder erklärt, dass sie nur eine Packung Toilettenpapier kaufen sollen?

Die Pflegekraft, die den Dementen schonend beibringen muss, dass kein Besuch kommt und sie nicht das Zimmer verlassen dürfen?

Der Intensivmediziner, der eine doppelte Schicht fährt, da sein Kollege positiv getestet wurde?

Die Mitarbeiterin vom Bürgertelefon, die sich fünfzig Mal am Tag anhören muss, dass die *„Einschränkung der Freiheit ja so nicht ginge. Und das hätte auch der Wolfgang Kubicki gesagt"*?

Der Landwirt, der jeder einzelnen Aushilfskraft zehnmal vormacht, wie man richtig Spargel sticht und dabei ein Drittel seiner Ernte verliert?

Die Lehrerin, die noch um 23:00 Uhr einem entnervten Schüler per Mail erklärt, wie der Satz des Pythagoras funktioniert?

Der Paketbote, der aufgrund seiner engen Vorgaben in zweiter Reihe parken muss, bevor er den bestellten Hometrainer in den vierten Stock schleppt?

Der Ordner im Baumarkt, der die konsumbereite Kundschaft freundlich darauf aufmerksam macht, sich bitte einen Einkaufswagen zu nehmen, Abstand zu halten und die Maske aufzusetzen?

Der Seelsorger, der die Hinterbliebenen daran erinnert, dass nur engste Verwandte zur Beerdigung kommen dürfen?

Die Polizeibeamtin, die im Park von unbelehrbaren Hohlköpfen auch schon mal bespuckt oder angehustet wird.

Der Brummifahrer, der vor der polnischen Grenze dreißig Stunden im Stau steht?

Oder der Klempner, der gerufen wird, weil feuchte Tücher und Küchenrollen das Klo verstopfen?

So, das waren mal spontan zwölf Beispiele für systemrelevante Tätigkeiten. Welches aus dem *„Dreckigen Dutzend"* möchtet ihr im nächsten Leben sein? Sucht es euch aus! In allen genannten Bereichen werden dringend Leute gesucht.

Der makabre Medaillenspiegel

Die Absage aller Sportevents macht mir schwer zu schaffen, allen voran die Verschiebung der Olympischen Spiele. Mit jedem Tag mehr in Quarantäne verschwimmen die Dinge zusehends und plötzlich lese ich die täglichen Tabellen mit den weltweiten Infektionszahlen wie einen Medaillenspiegel.

Die Positivfälle sind auf einmal die Goldmedaillen, die Genesenen Silber und die Verstorbenen Bronze. Ich ertappe mich dabei, wie ich denke: *„Hey geil, wir haben China überholt."* Oder *„Mist: die Briten* *sind jetzt vor uns"* oder *„Typisch, die Amis machen wieder alles platt".*

Aber zum Glück haben wir ja Reiner Becks und Herrn Rinsal vom IPC. Die Wettkämpfe sind in vollem Gange und wir wollen mal schauen, wie gut sich die Deutschen schlagen:

„Herr Rinsal, wir sind schon mittendrin in den pandemischen Spielen. Wie bewerten Sie das bisherige Abschneiden des deutschen Teams?"

„Ja gut, äh, der Anfang war noch etwas holprig. Da waren die Chinesen doch arg vorgeprescht. Deshalb freuen wir uns aktuell über den achten Platz. Da können wir doch ein bisserl stolz sein, dass wir immer noch in der Weltspitze ein Wörtchen mitreden können." (lacht und hustet)

„Sie sagen es, der starke Start Chinas war zu erwarten. Das waren natürlich auch die Disziplinen, in denen der Chinese kaum zu toppen ist: Fledermausfangen, Masken basteln und Kliniken bauen. Da können wir in Deutschland eben noch nicht mithalten."

„Noch nicht. Sie dürfen nicht vergessen, dass viele unserer Athleten sich noch im Trainingslager befanden, als die Spiele schon begonnen hatten.

Während China fast allein im Medaillenspiegel stand, waren wir noch in Sankt Anton und Ischgl!"

"Hat es sie nicht gestört, dass mittlerweile in Ischgl Sportler aus ganz Europa trainieren?"

"Ein wenig schon. Aber dieses Problem hatten wir ja schon früher bei unseren Schützen am Ballermann. Da waren wir auch lange Zeit unter uns und dann kamen die Engländer.."

"...die ja gerade mächtig im Medaillenspiegel aufholen."

"Ja, die Briten sind stark. Trotz verrücktem Trainer."

"Aber über allem thronen ja mal wieder die Amis!"

"Stimmt! Die US-Amerikaner haben aber auch viel bessere Trainingsbedingungen: Eine schlechte Gesundheitsversorgung für die ärmeren Athleten und vor allem einen chaotischen Chief, der aber sehr viele fanatische Anhänger hat. Da können wir mit unseren Möglichkeiten natürlich kaum mithalten."

"Heißt das, mit einer ähnlich schlechten Regierung stünden wir im Medaillenspiegel besser da?"

"Das will ich so nicht sagen. Es gibt in der Politik auch Befürworter des pandemischen Gedankens."

"An wen denken sie da?"

„Zum Beispiel Christian Lindner. Der hatte im Bundestag ja schon früh den Konsens aufgekündigt. Da sind wir ihm und der gesamten FDP zu großem Dank verpflichtet."

„Angela Merkel war da nicht so einfach auf Spur zu bringen?"

„Ach wissen Sie: Jedes Land hat die Führung, die es verdient. Ohne die Besonnenheit der Kanzlerin wären wir vielleicht viel erfolgreicher. Aber Wäre Hätte Fahrradkette. (Hustenanfall) Es hat aber auch sein Gutes mit der Kontaktsperre und den Ausgangsbeschränkungen. So sind wir zum Beispiel sehr stark in der Dressur! Da räumen wir Deutsche ja traditionell ab."

„Wie sieht es mit ihrer außerparlamentarischen Lobby aus, also den Verschwörern und Pseudoexperten, die behaupten, die Schutz-Maßnahmen seien völlig überzogen?"

„Die sind natürlich wichtig, wenn wir weiter in den Top Ten bleiben wollen. Was das angeht, sind wir vor allem im Netz sehr aktiv und freuen uns, wenn diese Ansichten geteilt werden."

„Herr Rinsal: Die pandemischen Spiele sind noch lange nicht zu Ende. Auf welche Erfolge dürfen sich unsere Fans noch freuen?"

„Ja, die Spiele dauern noch ein wenig. Aktuell ist ja kein Wirkstoff in Sicht. Wenn wir uns aber weiter so schön locker machen, versprechen wir uns noch die ein` oder andere Überraschung. Wir behalten natürlich weiterhin die Konkurrenz im Auge: Russland, die Türkei und sogar der Iran holen ja gerade mächtig auf.“

„Nicht zu vergessen Brasilien.“

„Ein Traum, Herr Becks, ein Traum! Da wird der pandemische Gedanke ja von ganz oben gefördert. So etwas steckt natürlich schnell die ganze Bevölkerung an. Aber so leid es mir für unsere Fans tut: So eine staatliche Unterstützung ist in Deutschland kaum vorstellbar.

„Und ihr ganz persönlicher Tipp: Wo werden wir am Ende stehen?“

„Wir Deutschen sollten nicht immer so ehrgeizig sein. „The winner takes it all“ ist eine Mentalität von gestern. Schauen Sie auf unsere Silbermedaillen, also die Anzahl der Genesenen. Obwohl es vielen schwerfällt: Auch darüber sollten wir uns freuen.“

„Vielen Dank für das Gespräch. Bleiben sie unvernünftig und passen Sie nicht auf sich auf!“

(hustet) „Danke, Sie mich auch!“

La vie en rose

Es gibt wahrscheinlich nicht allzu viel, dass in der C-Zeit als kleiner Trost fungieren könnte. In der „Glück im Unglück"-Liga spielt höchstens der Umstand, dass uns die Pandemie ab März ereilt hat. Die ganzen Ausgangsbeschränkungen lassen sich im Frühling vielleicht etwas besser ertragen als im November, wo du dich angesichts der nasskalten Witterung und der wenigen Sonne ohnehin nur noch im Schlafzimmer einschließen möchtest.

Und so begannen viele von uns, aus den neuen Gegebenheiten das Beste zu machen und sich wenigstens an den „kleinen Dingen" des Alltags zu erfreuen. Bei mir zählte dazu das Erblühen meiner beiden Rosensträucher. Sie thronen auf meinem Balkon und bieten ein pittoreskes Panorama während meiner Rauch- und Weinschorlen-Momente.

Die Gartenprofis, die jetzt vielleicht denken: *„Herr Brüske, sie haben einen grünen Daumen?"* muss ich leider enttäuschen. Bevor ich Botaniker werde, wird Till Schweiger Facharzt für Logopädie! Ich bin gerade mal imstande, eine Tulpe von einer Yucca-Palme zu unterscheiden. Bis zum heutigen Tag bin ich mir unsicher, auf welcher Silbe die Betonung beim Wort Rhododendron liegt.

Nichtsdestoweniger wollte ich meine kleine Betonoase auch etwas schmücken, alleine aus Sichtschutzgründen und der Nähe zu unserem etwas speziellen Blockwart. Beim Pflanzenkauf bietet sich da ja eines der gigantischen Gartencenter an, die aus ungutem Grund mit der ersten Lockerungswelle wieder geöffnet wurden. Ganz ehrlich: Ich mag diese Paläste nicht besonders. Geschäfte, deren Fläche größer ist als das Saarland, sind mir schlichtweg suspekt. In der Zeit, bis du dort einen freundlichen Fachberater gefunden hast, hat die SPD schon dreimal ihren Vorsitz ausgetauscht.

Es geht aber auch persönlicher: Ein Freund gab mir den Tipp, zu einem „etwas anderen" Pflanzenpharisäer zu fahren. Nicht weit entfernt und als Familienbetrieb geführt. Und er behielt Recht: Nach einer individuell geführten

Kaufempfehlung fuhr ich schließlich mit den zwei Rosengewächsen ins traute Heim.

Zu meinen erbaulichen Erfolgserlebnissen zählen seitdem die bis zu dreißig Rosen, welche pro Strauch mehrmals im Jahr erblühen. Sie können sich gar nicht vorstellen, wie dankbar ich bin, dass ich mich an derlei Kleinigkeiten erfreuen kann! (Ist das altersbedingt?)

Die Politik sprach irgendwann von einer „neuen Normalität" in Zeiten der gesellschaftlichen Diaspora. Wenn ich auf meine entzückenden Röschen blicke, möchte ich es eine „neue Bescheidenheit" nennen.

Da ich aber für mein Leben gerne verreise, mehrt sich in meinen Gedanken die Sorge, dass vor allem die Reise- und Tourismusbranche zu den großen Verlierern des viralen Sommers zählen. Ich stehe im Austausch mit Hoteliers und Ferienwohnunganbietern, die nicht wissen, ob und wie sie durch diese Phase kommen. Es sind Freunde im Berner Oberland, dem Tannheimer Tal und vom Gardasee.

Und ja: Mein Balkon kann nicht mithalten mit der atemberaubenden Aussicht, wenn du im Hotel Gletschergarten zu Grindelwald bei einem trockenen Fendant residierst, frühmorgens zum

First hochgondelst und von dort am Bachalpsee vorbei zum Faulhorn wanderst. Stets den Eiger im Blick.

Und es kann nicht anstinken gegen den Aufstieg von Grän zum Füssner Jöchle inclusive eines leckeren Kaiserschmarren im zünftigen Bergrestaurant Sonnenalm.

Und wie gerne säße ich jetzt in der belebten Osteria am Porto Vecchio in Malcesine. Der sagenhafte Kellner, dem du gegen ein kleines „Entgelt" einen Tisch mit Seeblick abluchsen kannst.

Diesen und den abertausenden Mitstreitern im Hotel- und Gastronomiegewerbe wünsche ich von Herzen, dass sie die heikle Herausforderung (hoffentlich nur) einer verkorksten Saison stemmen können. Gebt nicht auf: Sobald wir dürfen, sind wir wieder bei euch!

Bis dahin bleibt mir zumindest ein Frühling auf der Terrasse, ich nenne sie meine kleine „Costa Corona". Und auch wenn es nur ein kleiner Trost sein mag: Dort ist meine Zukunft auf jeden Fall fürs erste rosig.

Schnurstracks ins Risiko

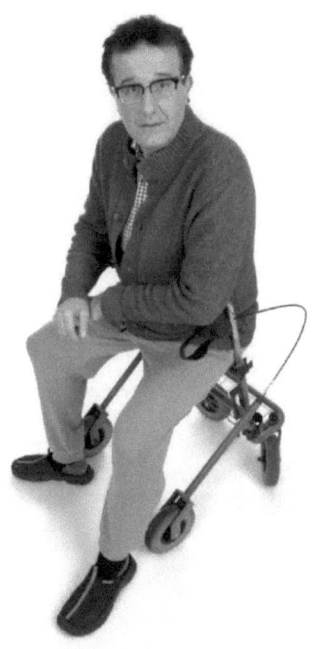

Jetzt, wo wir uns vielleicht ein bisschen besser kennen, möchte ich Ihnen etwas Sensationelles anvertrauen. Sitzen oder liegen Sie? Gut!

Denn obwohl es in den Medien zurzeit nur eine sehr untergeordnete Rolle spielt: Das Leben geht für die allermeisten von uns (jetzt kommt's) weiter. Und selbst, wenn du dich erfolgreich an den herumschwirrenden Coronaviren vorbeigemogelt hast: Du wirst dabei auch nicht jünger.

Als Jahrgang 1965 wähne ich mich geradewohl auf dem Weg in die Hochrisikofraktion. Im Ernst: Es geht bergab mit mir. Vor ein paar Tagen habe ich zum ersten Mal im ZDF eine Werbepause gesehen, bei der ich dachte: Jetzt ist es passiert, du gehörst zur Zielgruppe.

Dabei war ich extra aus dem ADAC ausgetreten, um mir nicht mehr dieses Heft mit den ganzen Anzeigen für Granufink, Doppelherz und Treppenlifte anschauen zu müssen. Doch urplötzlich war dieses ganze Zeug in meinem Fernseher und ich habe mich dabei ertappt, wie ich dachte: Interessant!

Kann das daran liegen, dass ich alt werde? Mein Arzt hat gesagt: Herr Brüske, wenn Sie über fünfzig sind und morgens ohne Schmerzen aufwachen, dann sind Sie höchstwahrscheinlich tot.

Und er behielt Recht. Das ging direkt am Tag nach meinem fünfzigsten Geburtstag los. Gut, es war ein Kater, aber die Richtung stimmte.

Heute weiß ich genau, was er gemeint hat. Mein Knie ist inzwischen so wetterfühlig, dass es jederzeit bei Claudia Kleinert von den Tagesthemen anfangen könnte.

Meine Schultergelenke sind der Meinung, dass ich meinen Arm nicht mehr in jede Richtung manövrieren muss. Wenn ich trampen würde und zehn Minuten den Daumen rausstrecke, kann ich mich direkt in die Reha fahren lassen.

Und als ob das nicht genug wäre, hatte ich vor kurzem ein prägendes Erlebnis im Drogeriemarkt. Ich spazierte an dem Ständer mit den Lesebrillen vorbei. Dazu müssen Sie wissen, dass sich ihr „Iron Man" die letzte Zeit immer häufiger über die Fingerkuppen gebügelt hat. Autsch! Ich stehe also davor und denke mir: ziehe mal eine auf, vielleicht siehst du damit intelligent aus. Schaue in den Spiegel und es war nicht nur intelligent, sondern deutlich schärfer!

Daraufhin habe ich mir eine Lesehilfe mit einer Dioptrie ausgesucht und bin zur Kasse gewatschelt. Auf dem Laufband habe ich sie dann ganz diskret unterm Klopapier versteckt, so ähnlich, wie wir vor dreißig Jahren Kondome gekauft haben. Können sie sich noch an den herrlichen Spot mit Hella von Sinnen erinnern: „Tiiina, watt kosten die Kondome?" Jetzt stand ich zitternd an der Kasse und dachte, hoffentlich schreit jetzt keiner „Murat, was kosten die Brillen?"

Zum Glück hat niemand geschrien und ich konnte unerkannt mit meinem gläsernen Prachtstück nach Hause. Dort angelangt setzte ich sie auf und wie soll ich es Ihnen sagen? Es war eine Offenbarung! Plötzlich konnte ich wieder Fußnägel schneiden, ohne im Anschluss ein Pflaster zu bemühen.

Aber, das möchte ich auch gestehen, du wirst mit der Zeit süchtig. Drei Tage später war ich wieder in der Drogerie und habe die Dosis erhöht. Diesmal erstand ich eine Leseprothese mit 1,5 Dioptrien. Mit Hilfe der ersten konnte ich auch endlich erkennen, wie preiswert die sind.

Es war wie ein Rausch. Warum bin ich nicht vorher darauf gekommen? Diese erschwinglichen Sehhilfen sind das „LSD des Best Ager". Den ganzen Nachmittag verbrachte ich damit, Beipackzettel zu studieren. Endlich wusste ich, dass meine Midlife-Krise und die Scheidung im Grunde genommen nur Nebenwirkungen waren!

Drei Tage später ging ich wieder zum Drugstore. Diesmal wollte ich stark sein und habe extra einen großen Bogen um die Brillen gemacht. Aber da hatte ich nicht mit Murat an der Kasse gerechnet. Der zieht das Vierlagige über den Scanner und zischt mir zu wie der letzte Bahnhofs-Dealer: *„Hey Bruder, brauchst du was? Ich hab hier noch `ne Zweier. Gutes Zeug. Das haut rein, es macht bäm und du siehst ganz neue Sachen!"* Ich konnte natürlich nicht widerstehen.

Inzwischen besitze ich übrigens eine Lesebrille mit 3,5 Dioptrien. Das heißt, dass ich im Geschäft nicht mehr viel erkenne. Wohl oder übel werde ich mir einen neuen Dealer suchen müssen. Tut mir leid, Murat.

Meine Tochter habe ich gefragt: Ist das jetzt der Einstieg in die Beschaffungskriminalität? Darauf hat sie nur geantwortet: „Nein, das ist das Alter, Alter."

Früher hat sie ihren Freundinnen gesagt, dass sie noch bei Papa wohnt. Heute erzählt sie denen, wir wären ein von der EU gefördertes Mehrgenerationenprojekt.

Ein Gutes hat das aber mit dem Älterwerden. Ich profitiere beruflich davon. Meine Texte gelten jetzt nicht mehr als Besserwisserei, die fallen jetzt unter Altersweisheit.

Lachsdöner mit Nutella

In der Ära des aufgezwungenen Stubenhockens durfte ich mit höchstem Respekt beobachten, wie Menschen in meiner Umgebung nicht nur diszipliniert die Füße still, sondern auch den Hüftbereich schmal hielten. Es wurden mir heroische Erfolgsstorys von Fastenkuren und allerlei veganem Schabernack kolportiert. Ich ziehe den Hut vor euch und fühle mich in diesem Punkt nicht wettbewerbsfähig. Sollte meine berufliche Pause noch länger andauern, werde ich wohl meinen korpulenten Body der Uniklinik in Bonn als „Antikörper" zur Verfügung stellen.

„Mensch Christoph, jetzt ist doch genau die Zeit, bei der Ernährung neue Wege zu gehen!"

Nä, lasst mal Leute, ist bestimmt lieb gemeint. Denn was „neue Wege" bedeutet, durfte ich in der letzten Adventszeit auf einem Weihnachtsmarkt erleben. Dort wurde an einem Stand etwas „ganz Neues" angeboten: ein Lachs-Döner mit Nutella! Lassen Sie sich das bitte kurz auf der Zunge zergehen…. Bääh! Das ist doch kein Essen, das ist kulinarisches Halloween!

Natürlich ist immer alles Geschmackssache und hängt davon ab, was du gerade vorher im Mund hattest. Nach einem Lachsdöner mit Nutella schmeckt dir wahrscheinlich sogar der Kaffee im ICE der Deutschen Bahn!

Die Gourmets unter uns nutzten auf jeden Fall die Phase der Ausgangsbeschränkungen und zelebrierten genüsslich die Zubereitung ihrer Speisen. Ich sage nur Niedrigtemperaturgaren. Schon mal probiert? Den Spargel in Folie einschweißen und dann fünfzig Minuten bei 85 Grad im „Sous Vide"-Kocher dümpeln lassen. Der entwickelt Aromen, das glaubst du nicht. Was bleibt ihm auch anderes übrig vor lauter Langeweile?

Ich warte auf die ersten Spargel, die entnervt aus dem Wasserbad aufstehen und sagen: *„Mir reicht´s! Ich habe Besseres zu tun!"* Übrigens, wer sich fürs Niedrigtemperaturgaren interessiert, kann das gerne nachschlagen im Köchelverzeichnis (ein kleiner Kalauer für die Mozart-Fans)

Sich Zeit zu lassen ist eben der neueste Schrei. Das gilt auch für das sogenannte „Juicing". Wer es nicht kennt: Da werden Früchte möglichst langsam und intensiv ausgepresst. Mir kommt das sehr bekannt vor, denn ich habe eine Scheidung hinter mir.

Zunehmend gewinne ich jedoch den Eindruck, dass die Nahrungsaufnahme mehr und mehr zum Politikum mutiert. Letztens wurde ich an der Fleischtheke trotz Maske angesprochen: „Wie Herr Brüske, Sie essen immer noch Fleisch?!" Seitdem antworte ich auf Nachfrage, ich sei „Gerontarier" und verzehre nur noch Fleisch von Tieren, die an Altersschwäche gestorben sind.

Und wissen Sie, was noch schlimmer ist? Butter! Wusste ich bisher auch nicht. Liegt daran, dass die Kühe so viel Methan ausstoßen. Butter gilt inzwischen als der Diesel unter den Brotbelägen. Ginge es nach der Deutschen Umwelthilfe, dürftest du mit der Butterstulle auch nicht mehr in die Innenstadt!

Also was darfst du überhaupt noch zu dir nehmen? Wenn ich selbst bei meiner Lieblingsbeschäftigung noch ein schlechtes Gewissen bekomme, dann geht mir die Pandemie wirklich auf die Nieren. (mmh lecker)

Eine (mittlerweile bei Facebook) entfernte Bekannte hat mir spontan zu nachhaltigem „Superfood" geraten. Bekanntestes Beispiel: Chia! In Bayern wird es wahrscheinlich „Kia" ausgesprochen und in Korea „Hyundai". Das ist so eine Art Samen einer Salbeipflanze aus den Anden. Eigentlich nichts anderes wie Leinsamen, aber das klingt so „oldschool". Auf Deutsch: Leinsamen ist der Gottschalk unter den Getreiden!

So langsam begreife ich, wann du zu einem politisch korrekten Superfood ernannt wirst: Du musst vom anderen Ende der Welt kommen und keiner darf genau wissen, wie du richtig geschrieben oder ausgesprochen wirst. Kresse zum Beispiel ist gesund, schreibt sich mit zwei „s" und wächst bei uns im Vorgarten: Keine Chance!

Was jedoch daran nachhaltig sein soll, seinen Samen aus Südamerika, den Honig aus Neuseeland und sein Mineralwasser von den Fidschis zu beziehen, weiß ich jetzt gerade auch nicht.

Ich schmiere mir erstmal ein Butterbrot mit ganz viel Nutella drauf.

Zwei Muppets

Gleich zu Beginn der Pandemie kristallisierte sich schon heraus, dass vor allem ältere Menschen mit Vorerkrankungen vom Virus betroffen seien. Schnell war ein Name für diesen Teil unserer Gesellschaft gefunden: „Risikogruppe!". Die ersten Auswertungen der Mortalität führten dazu, dass einige Hornochsen daraufhin den Weg der Herdenimmunität einschlagen wollten. Das bedeutet verkürzt gesagt: Die Alten werden isoliert und die Gesunden infizieren sich fröhlich, zeigen natürlich kaum Symptome und sind dann immun für die Ewigkeit. Welche fatalen Folgen diese Strategie in der Umsetzung hatte, konnte man später in

Großbritannien, den USA oder Brasilien beobachten.

Mir war dieses pauschale *„Du bist über sechzig und damit ein Risiko"* inklusive Sicherheitsverwahrung von Anfang an nicht sympathisch. Das erklärt sich auch durch das sehr spezielle Verhältnis zu meinen Eltern. In den Wochen der Quarantäne wurde diese ohnehin lebendige Liaison sogar noch intensiviert. Gerne erinnere ich mich an unser regelmäßiges „Rasen-Ritual".

Ich fuhr zu ihnen, holte mir den Gartenstuhl, stellte ihn auf die Wiese und unterhielt mich mit meiner Variante des Duos Waldorf & Statler von der Muppet-Show. Denn Sie müssen sich vorstellen: Meine Eltern saßen stets in sicherer Entfernung auf der Wohnzimmerloge.

Und wie drollig war die Anregung meiner Mutter, sie hätte in der „Rentner-Bravo", also der Apothekenumschau gelesen, dass Datteln (das Obst, nicht die Stadt) gut seien fürs Immunsystem. Die Datteln waren dann häufig mein Mitbringsel bei den Brüske-Meetings.

Einfach nur heldenhaft auch die Aktion meines frisch operierten Vaters: Nachdem er hörte, dass ich vergeblich in allen Supermärkten der Stadt nach

Klopapier gefahndet hatte, machte er sich zu einem längeren Spaziergang auf. Dabei muss ihm wohl aufgefallen sein, wie schier entfesselte Kunden mit Toilettenpapierpackungen aus einem Discounter stürmten. Er natürlich rein, um seinem Sohnemann die „händeringend" benötigten Utensilien zu besorgen. Dafür gab es natürlich als Dank einen großen Korb Datteln!

Überhaupt, mein Vater. Bei uns im Dorf ist er längst eine lebende Legende als „Toni, der singende Heizungsmonteur". Denn wenn er im Rohbau werkelte und dabei mit seiner hellen Tenorstimme berühmte Arien sang, konnte ein ganzes Viertel daran teilhaben. Ich will nicht wissen, wie viele Menschen er damit in das Abo der Oper Bonn gebracht hat. 55 Jahre hat er in der sanitären Installation gearbeitet und in der Zeit hatte er nicht einen schlechten Tag! Weil ein Teil vom Hanf hat er zum Dichten der Rohre verwandt und den Rest haben wir geraucht.

Und muss ich Ihnen verraten, wer bei meiner Hochzeit „standesgemäß" mit meiner frisch angetrauten Braut getanzt hat? Mein Daddy, ach was sage ich: Der „rheinische Fred Astaire" demonstrierte beim Einstiegswalzer eine derartige Grazie, dass selbst Herrn Llambi von „Let`s dance" die Tafeln mit den Höchstnoten ausgegangen wären.

Ich will aber auch nicht verhehlen, wie sehr meine geliebten Greise unter den Corona-Beschränkungen gelitten haben: die so sehr vermissten Besuche der Enkel, die ausgefallene Osternachts-Messe, der stornierte Seniorennachmittag und die fehlenden Spiele des BVB, dem Lieblingsverein meines Vaters. Ja, in der Zeit sind auch viele Tränen geflossen.

Macht eure Pandemiespielchen, isoliert die von euch so titulierte „Hochrisikogruppe". Ich achte auf Abstand und Hygiene und bin da diesmal nicht dabei! Denn die nächste „Muppet Show" beginnt in wenigen Minuten.

Die Angst in unseren Köpfen

Als im März die Anzahl der Infizierten auch in Deutschland zu massiven Konsequenzen führte, war das für mich als ständig tingelndem Kabarettisten ein Schock. Im Minutentakt prasselten die Mails und Anrufe mit den Absagen darnieder. Doch irgendwann wurde es im Büro gespenstisch still, einfach nur still. Ich fing daraufhin an, mir abends vom Handy aus selber Mails zu schreiben, damit ich am nächsten Morgen etwas zu bearbeiten hatte.

Wir rheinischen Frohnaturen glauben ja für solche Krisen genetische Abwehrkräfte zu besitzen. Aber am Ende eines langen leeren Tages merken auch wir, wie tief dich dieses komplette (Kein)-Theater aufwühlt. Da liegst du dann offenen Auges im Bett und reflektierst deine popelige Existenz.

Mein erster Reflex war: *„Egal, schauste halt die Streamingdienste rauf und runter"*. Aber ich kann das nicht. Für mich ist diese ganze Serienflut das berüchtigte „Opium fürs Volk."

Aber sei es drum, jeder hat seine eigenen Fluchtmechanismen. Als ich noch dauernd auf der Bühne stand, habe ich zur nächtlichen Ertüchtigung gerne „Bares für Rares" geschaut. Sie kennen doch gewiss dieses alte Schlachtross des ZDF: Horst Lichter mit seiner Duz-Phobie und an seiner Seite die schnuckelige Schmuckfachkraft Heide Rezepa-Zabel: ein Träumchen! Aber plötzlich hatte es mich nicht mehr interessiert, wenn ein uraltes Blechspielzeug für „achtzisch" Euro über den Tisch ging.

Es musste also etwas Neues her, damit ich irgendwie mit einem halbwegs guten Gefühl durch die Nacht komme. Und siehe da: Ich wurde fündig. Meist so gegen Mitternacht beginnt bei VOX die Doku-Reihe „Medical Detectives". Sagt Ihnen das etwas? Ich kannte es auch nur vom Hörensagen. Darin werden zumeist amerikanische Kriminalfälle innerhalb von jeweils 30 Sendeminuten mit Hilfe der forensischen Wissenschaft gelöst. Am Ende ist der Täter verurteilt und landet im Knast oder ohne Ökostrom auf dem elektrischen Stuhl.

Mich faszinieren daran die schier endlosen Möglichkeiten der Gerichtsmedizin. Da reicht am

Tatort ein einzelnes Haar, eine Teppichfaser oder ein zufällig zurückgelassener Personalausweis und schon ist der Bösewicht zur Strecke gebracht. Ab und zu spricht ein Forensiker und erklärt, welche Fortschritte die Forschung gemacht hat. Sobald einer von ihnen mit weißem Kittel vor seinem Giftschrank parliert, bekomme ich eine Gänsehaut. Ich würde mir dann am liebsten sofort ein steriles Labor zulegen und anhand der DNA-Spuren im Zimmer meiner Tochter ihr Sozialleben unter die Lupe nehmen.

Gerade jetzt in der pandemischen Phase sind wir mehr denn je auf unsere Wissenschaftler angewiesen und hängen am Tropf der Herren Wieler, Drosten oder Streeck: unseren Musketieren der Coronaviren!

Was sie sagen, ist das „Maß der Dinge": Dass wir noch nicht genug über SARS CoV2 wissen und deshalb vorsichtig sein sollen. Dass wir uns in vorläufigem Verzicht üben und auf Abstand gehen müssen. Mittlerweile sprechen unsere Politiker in diesem Zusammenhang von der „neuen Normalität". Das heißt dann wohl, dass es noch länger dauern wird.

Und wenn ich mir soeben die Bilder der großen Demonstrationen in Stuttgart, München oder Berlin anschaue, ist eine zweite Welle wahrscheinlicher als mein nächster Auftritt. Das fühlt sich ätzend an!

Alles jedoch in die Schuhe der sogenannten Wutbürger zu schieben, ist eindeutig zu kurz gegriffen. Denn solange das monothematische Trommelfeuer der Corona-Sondersendungen und Newsticker bei den Menschen nur immer tiefere Angst schürt, wird es noch lange dauern, bis sich die bleierne Schwere im alltäglichen Miteinander legt.

Dem ersten Politiker, Wissenschaftler oder Influencer, der anstatt dieser lähmenden Furcht den Wirkstoff eines „verantwortungsvollen Vertrauens" in unsere Köpfe bekommt, schenke ich einen riesigen Korb Datteln. Und ein teures Bügelbrett packe ich noch obendrauf! Solange das aber nicht der Fall ist, werden -so traurig es ist- noch viele Existenzen den Bach runtergehen.

Vielen wird die persönliche Umsetzung noch rätselhaft erscheinen. Aber selbst unter den jeweiligen Corona-Auflagen ist Genuss möglich. Trauen wir uns wieder auf Festivals (so viel Platz zum Tanzen hatten wir noch nie) und speisen wir in guten Restaurants. Und last but not least: Lachen und staunen wir wieder in unseren Theatern. Es macht unser Dasein lebenswert.

Sehen Sie es mir bitte nach: Mein rheinischer Optimismus ist wohl gerade mit mir durchgegangen.

Bei den „Medical Detectives" ist auf jeden Fall das schwierigste Rätsel nach einer halben Stunde gelöst. Mir ist schon bewusst: Die Uhr tickt gerade anders. Aber ich kann zumindest beruhigt einschlafen.

Auf nach Neumoria

Ich bin in den letzten Wochen mehrfach angesprochen worden, dass die Situation für uns Kulturschaffende ja doch sehr schlimm sein müsse. Es wurde mir sogar einmal etwas gespendet. Herzlichen Dank dafür! (Die Spende ist schon weitergeleitet) Aber auch wenn die Theater noch eine Zeitlang geschlossen bleiben sollten, werde ich damit leben. Das mag jetzt vielleicht pathetisch klingen, aber ich liebe mein Publikum! Und deshalb möchte ich nicht, dass jemand bei meiner Show krank wird.

Wenn alle Stricke reißen, ziehe ich zurück in die Stätte meiner Kindheit und dann pflege ich dort meine Muppets. Ich habe nichts zu verlieren.

Andere schon. Wir haben in Deutschland so viel Hilfsbereitschaft erlebt: Schwachen wurde unter die Arme gegriffen, Isolierte wurden verpflegt und Schlafplätze für Obdachlose organisiert. Unsere Gesellschaft hat sich zu überwiegender Mehrheit als krisenfest und solidarisch erwiesen. Viele haben sich so aufopfernd um ihre Nachbarn im direkten Umfeld gekümmert.

Haben wir schon wieder die Kraft, zu unseren Nachbarn in Europa zu schauen? Halten wir die Bilder vom Flüchtlingscamp Moria auf der Insel Lesbos wieder aus? Wir haben lange weggeschaut, ich auch. Dieses völlig überfüllte Lager, eine Toilette pro 200 Menschen und ein Verkaufsstand, der für wenige Stunden geöffnet hat, während der Rest hungert.

„Christoph", höre ich schon, „du bist ja ein netter Kerl, aber das können wir den Leuten im Moment nicht vermitteln. Und wo sollen die Geflüchteten aus Moria denn überhaupt hin?"

Hier mein verwegener Vorschlag: Im Rheinischen Revier westlich von Köln existieren durch den Braunkohleabbau Geisterstädte, die wieder besiedelt werden könnten. Und das neue Städtchen taufen wir auf den Namen „Neumoria": ein Platz, wo die berühmten europäischen Werte ein Zuhause bekommen!

Die Skeptiker (und vermutlich die meisten Bewohner des Kreises Heinsberg, in dem die stillgelegten Orte liegen) werden bestimmt aufschreien: *„Corona hin oder her, du bist bekloppt! Die hängen doch nur am Tropf des Sozialstaates und nehmen unseren Hartz 4 Empfängern ihren wohl verdienten Lohn weg!"*

Auch das muss nicht sein, denn Jobs gäbe es dort zur Genüge: Als Erntehelfer in der Landwirtschaft oder als Claqueure für Armin Laschet (der braucht die dringend). Und im nicht weit entfernten Hambacher Forst helfen die Neumorianer noch tatkräftig mit, den „Greta Thunberg Gedächtnispark" zu bauen.

Der Altbundespräsident Joachim Gauck hat vor einigen Jahren in einer bemerkenswerten Rede gesagt, dass wir „nicht alle aufnehmen können" und unsere Toleranz auch ihre Grenzen hat. Aber wenn die Hilfe des Staates in der C-Zeit nahezu grenzenlos war, darf es unsere Hilfsbereitschaft gerne auch sein. „Leave no one behind", lasse niemanden zurück. Mit diesem Credo konnte ich mich im viralen Frühling am meisten identifizieren. Und jetzt erst recht.

Alle bisherigen Studien haben bewiesen, dass das Virus in der Hauptsache die Lunge befällt und nicht unser Herz. Also werden wir verwegen und auf nach Neumoria!

Epilog

Ich hab` da mal eine Frage an den eingangs erwähnten Leser, der dieses Buch im Jahr 2025 auf dem Krabbeltisch erstanden hat. Was ist das Bild, das vom pandemischen Frühling 2020 in Erinnerung geblieben ist: Eine Klorolle, die Schlangen vorm Supermarkt, ein Desinfektionsmittel trinkender Donald Trump (lebt der eigentlich noch?) oder doch Angela Merkel in einer wackligen Videoschalte aus ihrer Quarantäne?

Es würde mich interessieren. Genauso wie die Frage, ob und was wir aus dieser entbehrungsreichen Zeit gelernt haben. Ist uns beispielsweise das „Social Distancing" in Fleisch und Blut übergegangen? Vielleicht haben sich ja sogar die Titel berühmter Musicals, Filme oder Schlager durch Corona verändert:

Heißt es mittlerweile „**Don`t** kiss me Kate", „Der **Gruß** der Spinnenfrau" oder „**Heb** die Hand, schöne Frau"!

Gibt es in Zukunft noch plastische Chirurgen? Ich könnte mir vorstellen, dass es irgendwann keine Brustvergrößerungen mehr gegeben hat, nachdem wir so oft den Satz „Flatten the curve" gehört haben.

Sind durch die langen Ausgangsbeschränkungen eher die Scheidungszahlen hochgeschnellt oder gab es einen „exponentiellen Anstieg" der Geburtenraten? Es würde mich nicht wundern, dass viele auf zärtliche Ideen gekommen sind angesichts der ständigen Durchsage des „Reproduktionswertes".

Wird für Karl Lauterbach in Leverkusen das „Denkmal für den unbekannten Mahner" errichtet? Stürmt Attila Hildmann den Reichstag und verdonnert uns alle zu veganer Küche? Und komponiert Xavier Naidoo soeben die neue Nationalhymne? Ich weiß es nicht.

Wenn Sie mich jedoch heute ernsthaft fragen, ob sich das Verhalten der Menschen durch Corona verändern wird, würde ich mutmaßen: Der Teil von uns, der gerne Karneval feiert oder nach Ischgl reist, wird wahrscheinlich einen derartigen Durst nach Freiheit empfinden, dass er erst einmal alles nachholen muss. Und wer das ganze „Küsschen hier Küsschen da" noch nie mochte, wird es in Zukunft noch viel weniger tun.

Meine Eltern erzählten mir oft von der Zeit nach dem 2.Weltkrieg und wie sie am Sonntag den Rinderbraten mit Remouladensauce und Kartoffeln zelebrierten. Wie alle fleißig für das „Wirtschaftswunder" malochten und sich im Sommer mit einer Vespa-Fahrt über die Alpen zum Teutonengrill belohnt haben.

Die Vespa der Neuen Zwanziger Jahre heißt unvernünftigerweise S.U.V. (das steht für Sprit, Unterhalt, Versicherung). Bis wir uns damit aber wider besseres Gewissen auf den Weg machen, sollten wir dringend grundsätzliche Maßnahmen für die „Zeit danach" ergreifen. Denn eines steht fest wie das Amen in der Kirche: Das nächste Virus geht schon längst mit seinem Flughund Gassi!

Für uns in Deutschland hätte ich da spontan so einiges auf dem Zettel:

Da wären die sogenannten „Depotstrukturen" des Bundes: Es ist nahezu grotesk, dass wir nicht über ausreichend Schutzausrüstung im Katastrophenfall verfügen. Globalisierung hin oder her: Es muss dafür auch Produktionsstätten im eigenen Land geben. Und wenn es der overdresste Trigema-Chef mit seinem blöden Schimpansen macht!

So empathisch diese Aktion gewiss gemeint war: die Wertschätzung der Pflegeberufe darf sich nicht in abendlichem Klatschen auf den Balkonen erschöpfen. Wenn wir diesen Beruf nicht endlich attraktiv gestalten, sind wir bei der nächsten Schließung der Grenzen in demselben Dilemma.

Ich habe in der Coronazeit vieles über die wichtigsten Kulturgüter unserer Republik gelernt. Um es vorweg zu sagen: Die Kultur ist es nicht. Nein, an eins steht der Fußball und an zwei der gute deutsche Spargel. Um Platz drei ringen dann noch die Lufthansa, Volkswagen und die Friseur-Innung. Vielleicht lässt sich an diesen Prioritäten noch ein wenig drehen. Ich sehe da durchaus Luft nach oben.

Wie wäre es zum Beispiel mit einer besseren digitalen Versorgung? Mir bleibt das Interview mit einer völlig erschöpften Lehrerin nach drei Wochen „Homeschooling" im Gedächtnis. In ihrer Klasse war ein Schüler, in dessen Familie es nur ein einziges Smartphone gab. Dieses befand sich im Besitz des Vaters, der es seinem Sohn erst nach zähen Verhandlungen für 10 Minuten pro Tag zur Verfügung stellte.

Also her mit einer digitalen Grundversorgung, nennen wir sie von mir aus „Hartz-Handy" oder weil er aktuell das Ressort leitet, ein „Scheuer-Phone". Forciert den Ausbau der Netze zumindest auf 4G-Standard in jedem Quadratmillimeter der Republik!

Und wie wäre es mit einer Ausstattung der Schulen mit hygienischen Basisartikeln? Dass zur Wieder-eröffnung mancher Lehranstalten die Schüler aufgefordert wurden, Seife und Desinfektionsmittel selber mitzubringen, sollte als Thema nicht bei der „ZDF-Heute Show" landen, sondern auf den Schreibtischen der Schulämter, und bitte ganz oben auf den Aktenbergen!

Und da wären wir schon bei dem aus meiner Sicht dringlichstem Aspekt: der Ursachenforschung der Verbreitung des Virus SARS-CoV-2. Um es auf den Punkt zu bringen:

Wir dürfen nicht in die hochsensiblen Räume der Natur eingreifen.

Vieles an der Symbiose von Viren im Körper von Fledermäusen ist überhaupt noch nicht hinreichend erforscht. Wir haben im Umgang mit unseren Mitmenschen gebetsmühlenartig die Abstandsregel von anderthalb Metern erklärt bekommen. Wann lernen wir endlich den noch viel wichtigeren Abstand zwischen Mensch und Natur?

Viele wissen es vielleicht nicht, aber bisher (Stand Juni 2020) ist noch **nie** ein Wirkstoff gegen irgendeines der Coronaviren gefunden worden. Bei SARS und MERS hatten wir einfach nur Glück und konnten zumindest Medikamente zur Linderung der Symptome entwickeln. Ein universeller Wirkstoff jedoch, so wie bei der Ausrottung der Pocken ab den 1960 er Jahren, davon träumt die Wissenschaft noch.

Verwöhnen wir also die Forschung reichlich mit Budgets, damit dieser Traum wahr wird. Hören wir auf die Wissenschaft, nicht nur wenn gerade Lockdown ist. Stellen wir der Politik in jeder Disziplin unabhängige Experten zur Seite und nicht durchschaubare Lobbyisten.

Alle genannten Punkte auf diesem leider höchst unvollständigen Wunschzettel sind für die Zeit nach Corona virulent.

Mir ist völlig bewusst, dass wir auch in Zukunft mit einer Menge „Popolisten" leben müssen. Aber nach all dem Hamstern von Klopapier verrate ich Ihnen meine letzte kleine Sehnsucht:

Hören wir weniger auf unseren Popo und etwas mehr auf unseren Kopf!

Bleiben Sie gesund und danke für das Privileg Ihrer Aufmerksamkeit.

Danke

An Irmgard Bracker von den „Rheinischen Anzeigenblättern", die mit der Idee einer Kolumne und den daraus entstandenen „Gedanken aus der Quarantäne" den Stein ins Rollen brachte.

Mein lieber Freund (noch hat er keine Rechnung geschickt) „Schalli" Schallenberg für das Buch Lay Out und die Fotos.

Alexander und Katharina Hennig für die Cover-Gestaltung und ihre unschätzbaren Dienste als Vorkoster (wie geht es dem Magen?).

Ich danke den Kindern der Laurentius Schule in Mondorf für die vielen eingereichten Kunstwerke. Eure Phantasie hat mich umgehauen! Insbesondere Vladimirs (12) für das „Coronavirus", den „Esel" und die „Familie", Marvin (16) für die „Klorolle" und die „Welt als Scheibe", Irene (11) für die „Dramaqueen", Erik (10) für die „Medaillen" und Elaine (12) für das „Herz".

Ute Herzog für das Webdesign auf www.brueske.de

Cornelia Vossloh für ihr stets offenes Ohr und ihre nützlichen Tipps in Sachen Interpunktion.

Frederic Hormuth für wertvolle Anregungen.

Meinen geliebten Eltern, die mich unermüdlich unterstützt haben. Sie glauben nicht, wie viel mein Vater für die Finanzierung meines Studiums schwarzarbeiten musste! (Grüße ans Finanzamt: alles verjährt)

Und last but not least: Dank an Sie, dass Sie „Virulent" gelesen haben! Und nur falls Sie doch einmal einen schlechten Tag haben, beherzigen Sie einfach folgenden Satz:

„Ein Optimist sieht eine Gelegenheit in jeder Krise.
Ein Pessimist kriegt eine Krise bei jeder Gelegenheit"

Famous last words

Als der Luftkrieg über Großbritannien tobte, wurde Winston Churchill aufgefordert, die Kulturausgaben zu Gunsten des Verteidigungshaushalts zu kürzen. Er antwortete trocken:

„Und für was kämpfen wir dann?"